Dear 小壯丁 一手牽一手 一起走

朱國珍——著

目錄

推薦序
溫柔是世界上最強大的能量／凌性傑 007
源頭與目的都是愛／陳育萱 011

自序
猜猜我有多愛你 015

輯一　共享青春

媽媽的味道 022
長大的兒童餐 029
快炒布丁 036
有沒有見過芒果籽 039
為「小三」取名字 044
我家貓咪是瘋狗 054
貓咪請聽我説 058

不要太迷戀我 063
前世情人 066
以前太浪漫 069

輯二 教養心經

跳舞的男孩 076
考零分也沒關係 084
最適合最好 090
我愛你知恥近乎勇 099
不完美也是好情人 105
少年安安的煩惱 109
最後只記得公主抱 113
轉眼玩具變型男 118
傾聽指數零 123
我們就這樣咬著牙一起長大 133
我喜歡你本來的樣子 137
零用錢的真諦 141

輯三 考考考

考前七十二小時 148
愛的陪伴 153
陪考奇觀 157
人生最輝煌時刻 163
「久久」的奇幻冒險 168
想讀「船院」嗎 176
減壓偏方 180
總會找到優點 185
別怕文言文 188
助你快樂 192
有進步就是加分 197

輯四 十八歲

畢業典禮 204
到處走來走去 210
我們這麼親 215
愛的安定力量 220

我是你學姊 225
家裡好舒服 229
料理心機 233
追劇栗子頭 237
小壯丁師父 242

輯五 量子愛情學

戀愛指南 248
情竇初開 252
柔而剛 261
此情可待成追憶 269
心太軟 274
妳有原則是好事 279
愛你在心口要開 282
最詩意的承諾 286
我認為這就是愛情 291

後記 295

推薦序

溫柔是世界上最強大的能量

凌性傑

一直記得朱國珍〈你是我的魔法〉裡，有個六歲的男孩跟著媽媽一起去爬山，那時他們剛剛搬到山上。男孩刻意走在媽媽前面，彷彿在引領媽媽走向一條神奇的生命道路。在步道入口，男孩轉身微笑說：「媽媽，我已經長大了，以後換我保護妳。」如今男孩已經成年，真的來到可以保護媽媽的年紀了。《Dear小壯丁：手牽手一起走》像是紀錄片一樣，以媽媽的視角，側錄了小男孩變成壯漢的過程。

我知道，書裡寫的一切都是真的，真誠守信是朱國珍做人的基本原則，也是她寫散文的美學基礎。《Dear小壯丁：手牽手一起走》讓我明白，男孩成長之路固然不容易，守護著孩子成長的媽媽其實更不容易。許多事情或許男孩將來會淡忘，但媽媽會一直幫他記得。媽媽的關愛有多深，記憶刻痕就有多深。

二〇一四年，因為撰寫《中央社區》的採訪稿，與朱國珍變得無話不談。訪談的時候，小壯丁就在旁邊安靜玩著自己的遊戲，他懂得媽媽正在工作，不能被打擾。看著小壯丁經歷國小、國中、高中直到進入大學，我很好奇朱國珍怎麼可以把孩子教養得這麼好。那樣的好並非來自功利價值的判斷，而是作為一個人的善良品質。而所有答案就在《小壯丁》這本書裡。朱國珍與她的小壯丁，共同走出一條愛與紀律的成長之路。無止盡的愛會讓孩子覺得安全溫暖，但兩難的是關愛不能夠毫無節制。

成長路上，沒有誰可以不犯錯。重要的是，犯錯之後自己該如何彌補，生活該怎麼過下去。媽媽是孩子生命中的第一個老師，媽媽怎麼做孩子往往也就學著那麼做。傳統教養裡有一項很珍貴的原則，叫做反躬自省。跟朱國珍相處，發現她常常在問自己是不是做錯什麼，如果真的做錯了又該怎麼補救。即使被別人冒犯了，受到不合理的對待，她第一個反應不是檢討對方，而是省視自己的言行。扮演學生家長這個角色，她一定明白「愛自己的孩子」很可能成為自私的藉口，也很可能變成推卸責任的理由。孩子出了差錯，隨意找一個對象來怪罪是最簡單最方便的。然而，她與小壯丁的故事證明了，人生不能選擇這樣的道路。不管是愛自己或愛孩子，善良是唯一的信仰。

而謙卑與懺悔，是信仰的前提。自己所相信的事物，到最後都匯聚為一股能量。

我讀到《小壯丁》中，不斷重複的話語是「我愛你」，感情狀態的愛源源不絕。有了愛作為基底，才有辦法將日常生活過得別有滋味。

書中第一輯「共享青春」談的是相互陪伴，親子之間的飲食活動往往最能看出情感交流。餐廳是教養孩子很重要的場所，有了適切的「養」，「教」才會比較容易。所謂媽媽的味道，即是透過有形的食物，完成了潛移默化的教育。輯二「教養心經」則像是母子之間共同營造的思辨課，這是一場互為主體的親子對話，唯有尊重孩子是獨立的個體，孩子才有機會發展健全的人格。輯三「考考考」詳實記錄了青少年的升學歷程，相當值得家有考生的父母親參考。考試、選填志願這些重要轉捩點，父母親的角色真的只能是「建議者」而不是「操縱者」。稱職的家長，提供支持與守護就很足夠了。輯四「十八歲」見證了小壯丁的成年之路，愛是信任與放手，日本俗諺說「疼愛子女，令其出遠門」，大概也是這樣的意思。輯五「量子愛情學」是在徵得小壯丁的同意之後，才將小壯丁的感情事件娓娓道來。小壯丁能夠把自己的初戀故事分享給媽媽，可見對媽媽有多麼信任。

我一直這麼相信著，溫柔是世界上最強大的能量。即使是最嚴厲的教訓，也要用最溫柔的方式來說。在網路上看到，朱國珍與成年的「小壯丁」對談，談居家生活談養貓，真覺得小壯丁好穩，穩定可靠的那種穩。螢幕裡的母子眼神交流，滿滿的都是愛，完全沒有虛假。那狀態真像朱國珍說的：「與最愛的人在一起，我們不需要偽裝，我們彼此相信，無論這個世界向我們舒展的是寬闊或侷促，這份愛永遠會使我們安全靠岸。」

• 本文作者為詩人、散文家，著有《慢行高雄》、《男孩路》、《你是我最艱難的信仰：凌性傑詩文選》等。

推薦序

源頭與目的都是愛
——讀《Dear 小壯丁：手牽手一起走》

陳育萱

曾自述寫散文最難，視它為最後一塊淨土，需以純潔之心守護的國珍，近年來陸續集結的《離奇料理》、《半個媽媽半個女兒》，確實不折不扣是讀來是熨貼真心的作品。

新作《Dear 小壯丁》寫童稚到青春兒子安安的成長路，在教養對話中袒露為母的掙扎與調整，一路陪伴到十八歲，成年儀式是迎向大考，繼而放手，讓兒子擁有獨立闖蕩的自由。這本散文集，除延續家人親情主題，更因這是一篇篇寫給兒子的親暱耳語，環扣的情感便聚焦於一位母親獨自教養孩子長大成人的心內話。既是心內話，那便不易寫。既掩藏不住真情流露而難免的唸叨，那麼如何將多年來不見得能向孩子全盤托出的重整好，一路溯回他出生迄今的點滴大小事，再化為宛如一封封私密家書的形式，以文字對安安敞開媽媽／教師／創作者交織的身分，是深情紀錄，也藉此梳理母子之間相依偎時忘不掉的好笑、荒謬、憐愛、心疼。

這些讀來都是愛的變形，不論以何種情緒命名，那都是愛。其中，艱難有之——為了不複製自身孤單童年經驗給孩子，在〈有沒有見過芒果籽〉中，總是替安安削好芒果，然而其後得知他被丟一整顆芒果啃似乎也無所謂時，無盡付出背後的價值感頓涸，國珍坦承五味雜陳。得知安安考試作弊，流淚嚴正以告的畫面在〈知恥近乎勇〉裡，清晰刻劃為人母為孩子逐步建立品格的艱難。〈我們就這樣咬著牙一起長大〉，面對安安嘴癢咬壞螢幕的事件，作為母親拒絕為孩子的失控行為買單，國珍選擇讓孩子用自己的錢償還，亦感謝學校願意等待信任。〈少年安安的煩惱〉不避諱寫出安安害怕憂鬱消瘦的母親趁自己不在時打開窗子跳下去的恐懼，崩潰大哭的兒子觸動讀者心疼母性的堅強與承諾。歡笑有之——〈快炒布丁〉裡，嚥下兒子盛好的土黃坨狀物，還得微笑讚美；〈畢業典禮〉在直播留言板上寫下「我愛你」的瞬間，事後才發現只有自己這麼大膽示愛；〈小壯丁師父〉寫煮出禽畜絕望吶喊的怪味湯品後，傻眼的母親和淡定的兒子；〈總會找到優點〉細數兒子誤用成語而鬧的笑話。欣慰亦有之——〈妳有原則是好事〉，安安的客觀剖析讓母親重新肯定起自身教育學生的原則；〈我們這麼親〉裡，安安坦言「並不是每一個家長和孩子都像我們這麼親。」當母親滿懷希望發問，何時才能親到再牽牽他的手時，安安給出的答案是「等我懂得珍惜的時候」。他認為母親擔心的「樹欲靜而風不止」還不會那麼快，因為「妳生命力滿強的。」這些情緒與情感交織的圖騰彷彿逆著國珍的童年記憶，為安安打造他的專屬成長印記時，每一篇明快說出「我們像是情人」，暗著穿插心有靈犀的默契，成就孩子對愛的理解，也一併把自己愛回來。

全書最末篇〈我認為這就是愛情〉寫道：「無論他看得見看不見，我永遠都會在。我認為這就是愛情。」在這本書中沒有虎媽，沒有媽寶，沒有傳統定義的慈母孝子，沒有舉著教養大旗的揮軍向前。國珍誠實勇敢呈現單親家庭不為人知的艱難與淚水，伴隨自身質疑愧疚與安安天真單純的回應，更能屢屢勾發淚腺，只因忽而想起國珍這本書自序寫及，無法從月亮繞回來繼續愛安安的那日總有一天會到來。所以，寫出這本書不僅是留下愛的證據，更具有贈予未來的深意，人的生命漸漸衰老消亡，文字也可能面臨一樣的終局。所以透過文字「先行保存」即將雙重失落在時代洪流中的一切，「現在」即是解封未來考古往昔的最初時機。

十三世紀神祕主義詩人魯米的作品《讓我們來談談我們的靈魂》中有句詩

很能與本書互為映證——「墨水不是胭脂。讓語言躺下。／現在，是愛呼吸的所在。」短句來自〈書之美〉，將它與這本《Dear小壯丁》疊影，愛之直觀、純粹，俱在母子促膝私語時，化為視之為心頭血的字句。每個字都是母職兼作者的喃喃傾訴，捨不得任何粉飾，只願「審美的心靈」不僅是託付自身靈魂之所，蘊含手牽手一起走的願望，更是傳承給兒子安安的深刻祝福。

• 本文作者為小說家，著有《南方從來不下雪》、《不測之人》、《那些狂烈的安靜》等。

自序

猜猜我有多愛你

小孩長大的過程真是一轉眼！腦海裡都還是他牙牙學語，調皮搗蛋，或是撒嬌要媽媽抱、媽媽餵、媽媽幫我洗澡擦屁股的小可愛。如今，出現在身邊的人影猛然已是壯漢。

靜靜地凝視他時，經常湧現某種隔世的惘然。也不過幾年前，我在他面前癡癡盯著他半晌之後，會說：「媽媽愛你。」

他有時候很淡定，有時候會翻白眼，但是答案都是一樣的：「又來了。」我也理直氣壯回應：「怎樣？我已經說了八十萬次嗎！」

「不只。」小壯丁總是揚起眉毛，神氣地回答。

然後我們兩人不約而同從唇齒縫間迸出呵呵聲，微微笑個不停。

後來他發現我暫停所有動作只專心看著他，會突然冒出一句：「看什麼？」

剛開始我和從前一樣鬧他，情不自禁地說：「看我的寶貝有多帥呀！」、「我是怎麼生出來這麼可愛的傢伙！」或「我好愛好愛我的Baby……」

然而，隨著小壯丁的體型、儀態、思考與年齡增長成正比，逐漸放大成熟，他彷彿開啟某種「爸爸」模式，不但愈來愈減少生活中的嬉鬧，長大的他，也更趨向我那不苟言笑、沉默寡言的老父親。

我面對父親時，很難搞笑。我想，成年後的小壯丁，或許也是如此。

身分與年齡就像牆上油漆，為了遮掩坑洞難免不斷用塗抹的方式彌補。時光催人老，粉飾一層又一層的顏料卻彷彿如新，然而修補過程若是遺忘堆疊情感，那樣的厚度最終也只是人生的輕薄。

我以坐五望六之姿，見證自己體力與智力的衰退。有時彷彿陷入電影《Groundhog Day》（中譯《今天暫時停止》）的狀態。這部一九九三年的喜劇片，探討時間循環的困境與重生。在哲學領域裡不斷提問的「永劫回歸」，也是同樣的概念。

而我，在不斷被時間沖刷磨蝕的洪流裡，常常覺得只有愛著小壯丁，才能讓我真正感覺存在。

小壯丁在我事業最輝煌的時候來到我生命中。當時身處競爭激烈的職場，我對身邊層出不窮的惡鬥感到厭煩與冷感，小壯丁的出現，像顆快樂的種子深植在我體內。

尚未成為母親之前，我以為只要把自己過好就行；有了嗷嗷待哺的孩子，肩上瞬間背負重軛。孩子不是家中豢養的貓狗，他無法任憑妳在出差時寄放在寵物旅館。每分每秒，孩子都在吸取生命中點點滴滴的養分而成為一個有思想情感的人。他的眼睛會揪著妳轉；他會聽著妳的聲音微笑；他長得和妳那麼像，每次只要凝視他，必定穿越時空魔法鏡，開啟大腦最富詩意的區域，彷彿這輩子只要這樣互相凝視，幸福就會永遠包圍。

撫養孩子成長的過程就是各種酸甜苦辣，尤其是那段期間我自己也生病，幾乎是用盡最後的意志力去成就一個「好媽媽」。可是，當每個人都說：「妳得過那麼多文學獎，妳的小孩作文一定很好。」（事實卻是國文程度很令人害羞）、或是孩子進入青春期之後出現的種種叛逆（還好沒到摔門的程度）……我就會不斷自責，是不是我哪裡沒做好？是不是我的關心不夠？是不是我沒有把時間全部投注孩子身上？是不是我的教養方法錯了？是不是我沒有認真陪孩子一起做功課？

在內疚自責的同時，我每天仍然對孩子說出不只一遍的「我愛你」；保持臨別親吻擁抱的習慣；在孩子模擬考試全校最後一名時冷靜陪伴；甚至每天在廚房裡與最糟糕的廚藝妥協，努力做出健康料理餵飽孩子的肚腸。

就這樣反反覆覆的內心糾結，時而愉悅時而悲傷，孩子瞬間就長到二十歲了。

二十歲是一個定型的概念，往後數十年他就是這個樣子了。他再也不是個需要媽媽剪碎青菜送進嘴裡的娃兒，也不會伸出柔軟的小手要媽媽抱抱，要媽媽幫忙用牙線；更不會在同床共枕時伸出粉紅色腳丫子勾著我的腰脅，呢喃著：「媽媽牽手睡」，以及許多許多，我們曾經攬肩依偎走過的樹林與街道。

孩子念小學五年級時，有陣子我病得很嚴重，每天哭累了睡，睡醒了哭，哭到眼睛紅腫，用熱毛巾敷臉仍然無法掩飾愁容。孩子只有周五能來我家陪我吃晚餐，他很敏感，剛見面就發現我不對勁，第一句話就問：「媽媽妳感冒了嗎？」

我順著他的語意回答：「喔，對，感冒了。」

「妳說話聲音好小聲……」孩子繼續探問。

「喔，因為生病的關係……」我敷衍著他的關心。

沒想到他的下一句卻是：「我講笑話給妳聽！」

整個晚上，小壯丁很努力講笑話，內容都是學校裡發生的小事情，一直講到

「霹靂火箭炮」和學弟帶了兩個女生來找他單挑，雙方協議以拔河作為勝負，結果拔河拔到一半繩子斷成兩半……

聽到這裡，我噗哧笑出聲來。

小壯丁獨白二十分鐘，終於看到我笑，他的眼神閃爍出光芒，立刻問：「媽媽，妳心情好一點了嗎？」

我瞬間又掉下眼淚。當時，他只有十一歲。

以前我們還在努力維護幸福家庭時，我經常被生活折磨到掉眼淚，五歲的孩子會模仿我的動作，伸出小手臂拍拍我的肩膀，用童稚的聲音傾訴：「媽媽不哭，公主不會哭。」

眼淚宣洩了我的愁苦也灌溉我與孩子的生命。若是酸甜苦辣是人生必嘗的滋味，我至少還有一點點能力將孩子帶給我的甜蜜無限放大。

餘生，只要記得生命的美好，剩下的酸苦與辣就留給廚房。即使做出失敗料理也無所謂，自己負責善後的同時，真正的愛會讓彼此陪伴吞嚥。

小壯丁小時候最喜歡的繪本是《猜猜我有多愛你》，每晚睡前都要聽我讀一遍。故事內容描述大小二隻兔子，互相比賽誰的愛最多。首先是小兔子張開手臂說：「我愛你這麼多。」大兔子同樣張開雙臂，他的手臂更長更寬：「可是，我愛你這麼多。」接著小兔子又跳又倒立，總是無法超越大兔子。最後，小兔子睏了，閉上眼睛說：「我愛你，從這裡一直到月亮。」

大兔子親吻他，道聲晚安，溫柔地躺在小兔子身邊，微笑著說：「我愛你，從這裡一直到月亮，再——繞回來。」

我用一生燃燒對小壯丁的愛，用一生的愛為他點亮星星之火，照耀著微薄的人生之路。我也許會疲倦，也許會沮喪，但是我從來沒有放棄。將來有一天，我也會去到月亮那麼遠的地方，到那一天，將不會有人在睡前繼續和小壯丁嬉鬧「猜猜我有多愛你」，或許他也不會記得……而我，也不會再回來。

當我無法從月亮繞回來愛你的那一天，親愛的小壯丁，不要害怕，還有文字陪伴你。我在這裡，永遠都在。

輯一

共享青春

媽媽的味道

小壯丁從小就懂得「營養均衡」。

我會向他解釋餐桌上只出現二菜一湯不是我懶惰，而是內容物已包含穀類、蛋白質、蔬菜和水果，這就是營養均衡的基本組合。

蛋白質來源以魚肉豆蛋奶為大宗，我從中挑選鐵質含量豐富的牛肉作為料理首選。小壯丁斷奶後的副食品，就是從自製牛肉泥開始。牛腩牛腱加點青蔥與薑煲到軟爛，再用調理機將肉塊打成肉泥，分裝兩百公克小袋置入冷凍庫，每次用餐解凍一包，營養方便。小壯丁在我肚裡時，我為了補充鐵質經常吃牛排，也許這隱形胎教也讓小壯丁對牛肉情有獨鍾！

烹飪家常料理，我會做牛肉湯、滷牛腱。我的滷牛腱功夫一流，有次滷好整顆牛腱，剛剛放涼，還來不及切片，就被當時念幼稚園的小壯丁拿去整顆啃光。那畫面又純真又野蠻，至今讓我念念不忘。

日前，我終於締造出個人烹飪史上登峰造極的牛肉湯紀錄。從大火滾沸之後就不斷傳出銷魂香味。所謂銷魂，就是心神隨著香味蕩漾，意亂情迷。空氣中瀰漫的分子已經不是味道，而是幸福張力！

其實，這次使用的食材和前幾次都相同，只是在比例上做了調整。鍋內置入六條牛腱（牛腱先切段，在鐵鍋中稍微乾煎鎖住肉汁）、洋蔥兩顆，紅蘿蔔兩根，蔥段、薑片、大蒜粒。調味料方面，使用五種醬油，分別是純黑豆釀造、金標老抽、壺底白蔭油、蠔油與醬油膏，再加入紹興酒與米酒，少許冰糖、白胡椒粉、黑胡椒粒、荳蔻、花椒、八角。最後用壓力鍋煮沸發出聲響再轉小火續煮十五分鐘，極致美味的牛肉湯就出爐了。

到底有多好吃呢？且讓我舉個實際的例子。我燉好這鍋牛肉湯，原本預計連續吃個三、五天。當天出門時交代小壯丁自己料理午、晚餐，可以炒青菜搭配牛肉湯，主食吃麵或飯，兩餐飽足無虞。結果，晚上我回到家，發現一個七公升的不鏽鋼鍋裡只剩下三分之一的牛肉湯。短短不到十個小時，他一個人竟然吃掉將近五公升的牛肉湯！

難怪每周帶我去美式賣場採購的好友君瑜會說：「妳家小壯丁一人吃三人份，所以妳每次買的數量都跟我家五口人差不多。」

究竟這回為什麼能夠做出「登峰造極的牛肉湯」？我認為關鍵在於「調和」。過去幾次燉出的牛肉湯也美味，但總是無法讓人驚豔，就在於味道上總有個卡關的地方，例如洋蔥太多削弱肉香，或單一醬油的貧乏，導致味覺缺乏層次感，無法抵達食材皆能「物盡其用」的高度。更重要的是「物盡其用」的哲學並不在「多」，而是在「巧」。這也是為什麼許多中式食譜都會出現「酌量」或「少許」的調味料比例，而不會明確說明幾公克。因為美味確實是無法量化的直接感受，它最終要成就的也是一種藝術完整度。我認為，將每份食材都做到最完美的發揮，那就是最完美的料理演出。如果硬要按照標準作業程序來做菜，那麼，業界大廚都可以讓位給機器人來掌爐了。

上回小壯丁一次吃完整鍋牛肉湯的紀錄，是我做出「好吃到寧願開會遲到」的紅酒燉牛腩。

這個料理的起心動念是因為看到某家族酒莊的陌生品種紅葡萄酒，出於對「家族酒莊」的好奇心決定買來佐餐，沒想到口感過於甜膩，實在喝不習慣，於是拿來燉牛肉。

也許使用將近整瓶甜紅酒再加上料理米酒作為鍋底，讓牛肉遇熱後的纖維能夠保持彈性，再加上蠔油、黑抽、醬油、冰糖、黑糖、蔥蒜少許，與紅蘿蔔、馬鈴薯的天然甘甜，煮沸十五分鐘後關火浸泡二小時，讓每項食材都入味！這次晚餐讓放學回到家的兒子，把整鍋牛肉與電鍋裡的白米飯全部吃光，開心得不得了。

小朋友似乎都喜歡吃口感溫潤的日式咖哩，但是我做這道料理比較費工夫，通常先用壓力鍋熬煮原汁牛肉濃湯，之後放進冰箱冷卻。隔天將湯面上凝結的油脂撈出。咖哩牛腩必不可少的馬鈴薯，去皮切塊後就用這些牛油加熱乾煎，鎖住馬鈴薯的固態，之後再與紅蘿蔔一同放入牛肉湯熬煮，才不致煮到融化。直到整鍋湯煮沸後才放入咖哩塊，讓它自然溶解，再用小火續滾七至八分鐘，關火，浸泡一小時。等到要吃的時候再開火加熱，健康美味的咖哩牛腩就可以上桌。

話說小壯丁是氣喘兒，又是過敏體質，我聽信坊間養生術，在他六歲前，幾乎不吃帶殼的海鮮。再加上我只會煎魚、蒸魚和紅燒魚，其他海鮮料理對我而言，等於是孫悟空鬧龍宮等級的壯舉，因此我家餐桌很少出現魚以外的熟食海洋生物。

第一次在菜市場買進海瓜子與透抽，有點讓我不知所措，當天從中午就待在廚房裡，直到兩點半端出「鐵板透抽」。這一餐我足足花了九十分鐘洗菜和研究透抽。

「吃這個！」上菜後，我開心地說：「今天在濱江市場買的新鮮透抽。你小時候沒吃過，現在可以嘗試一下。」

「我可以吃一點。」小壯丁說。

這個答案早在我意料之內，因為他從來沒見過家中餐桌出現這種十腳章魚。可能是想邀功，也可能是某種控制慾，我想要小壯丁把透抽吃完。於是說：「我希望給你均衡飲食。」

他看了看餐桌，告訴我：「有白飯、牛肉、青菜。已經是均衡飲食。透抽只是增加多樣化。」

小壯丁說的也有道理。吃飽飯後，我又繼續在廚房忙碌，接著要做肉臊。鄰居媽媽建議加入豬皮一起熬煮，這是我第一次處理豬皮，其恐怖程度讓我感覺自己彷彿成為安東尼·霍普金斯飾演的人魔，尤其當我發現豬皮上竟然有毛，只好拿起鑷子將豬毛一根根夾乾淨，這過程讓我備受身心靈煎熬。此外，廚房裡等待完成的還有一道從來沒做過的海瓜子；同時還有今天在菜市場買到芥藍菜花心，面對這種密集蕊狀蔬菜，我必須一粒粒洗乾淨才放心讓孩子吃進肚裡。

接著又是待在廚房一路忙到七點。

小壯丁走出房間上廁所時，突然繞到廚房跟我說：「妳整個下午都待在廚房裡。」

我抬頭看時鐘：「是欸！我在廚房待了四個多小時……」晚餐出現炒海瓜子、滷肉臊、紅燒豆腐、清炒芥藍花。老實說這些都不是功夫菜，我只是花了太多時間洗菜，以及上網搜尋炒海瓜子的作法。

「妳可以不要這麼忙。」用餐時，小壯丁告訴我。

「我想做出多樣化的食物給你吃。」我幽幽地說。

「我已經感受到妳的誠意了。」小壯丁很清楚地表達立場：「我其實吃什麼都可以。」

「對啊！」我看著滿桌佳餚，突然心聲感慨：「透抽、海瓜子你都不吃。那我還是變回以前的媽媽好了，做我們平常習慣吃的東西。」

「嗯！」小壯丁點頭：「妳在廚房的時間太久了。」

我確實花了整個下午到晚上的時間待在廚房裡，只為貫徹豬皮溶解於肉臊的膠質提煉以及把海瓜子炒熟。老實說，這些全部不是我的強項。在我忙得頭昏腦脹時，只有小壯丁把一切默默看在眼裡。

一個十八歲的男孩不會用命令句告訴我：「妳應該去寫作。」在他們這種酷酷的年紀，他用「妳在廚房的時間太久了」來表達他的不認同（或者心疼）！

剎那間，那種登峰造極的味道又出現了！原來這就是「寶寶不說，但是寶寶都知道」的愛。

真正「媽媽的味道」是他從小到大最熟悉、最習慣的日常品味，偶爾天馬行空的花式烹飪也許讓他印象深刻，最終，孩子喜歡的依舊是最單純的「營養均衡」。登峰造極的牛肉湯不是靠和牛或頂級肋眼來完成，而是所有細節裡恰恰好的調和。就像親子關係有時會出現的緊張或鬆弛，也需要不斷調適，最後達到均質化，就是最穩定的狀況。媽媽的味道其實是一種生活磐石，它讓我們母子在穩定的愛裡並肩向前行。

長大的兒童餐

小壯丁在娘胎時，我們時常「合體」出國。直到他四歲時與外婆、姨媽和姨丈全家共赴北海道親子旅遊，他才首度擁有自己的飛機座位。

第一次帶小朋友出國，行前張羅幼兒衣物、餐具、各式行李與常備良藥已經焦頭爛額，哪裡記得搭飛機有「兒童餐」的選項。更何況在我的經驗裡，國籍航空日本航線的飛機餐都非常精緻，我直覺讓四歲小孩跟我享用相同的美食才是上策。

結果，當空服員預先送來特殊餐點時，小壯丁看到鄰座的表哥、表妹都有「兒童餐」，他立刻羨慕起來，直說他也想要吃「兒童餐」。

我覺得飛機上的兒童餐內容盡是肉醬義大利麵、炸雞薯條、馬鈴薯泥等高熱量高油脂的食物。但是看到小壯丁直直盯著別人餐盒，不斷流露出渴望的眼神，我只好安撫他回程一定改訂兒童餐。

沒想到，自從小壯丁體驗過兒童餐，他就吃上癮了。不但認真享用他的專屬餐盒，咀吮得乾乾淨淨，而且只有一盒還不夠，以後出國，連我這份飛機餐都得改訂兒童餐才能滿足他的食慾。

二〇一五年夏天結束巴拉望的跳島之旅，因為小壯丁準備考高中，我們暫停親子旅遊。直到二〇一八年的寒假，小壯丁念高一，才再度結伴前往香港探訪好友 Rebecca。

請注意其中的時間軸，轉眼兩年半的時間倏地就過去了，這段期間，小壯丁的身高也瞬間拉高將近二十公分。

小壯丁無論長得多高多壯，他永遠都是我的小寶貝，小 Baby，我心中最珍愛的那塊肉肉。而我自從看過四歲小壯丁渴望吃兒童餐的眼神之後，我的基因似乎也被輸入「只要買小壯丁的飛機票就必須預訂兒童餐」的演化公式。

二〇一八年的小壯丁已成長為高大英挺的青少年，他會幫我搬行李還會提所有重物。我們母子倆在清晨乘坐接車馳騁於高速公路，一路聊天計畫這趟旅行的細節，歡喜抵達機場，順利在航空公司櫃檯報到。地勤人員檢查證件與登機資料之後，看著我們，專業地向乘客確認：「吳先生這次有預訂一份兒童餐……」

我不假思索地微笑點頭，自覺這是為小壯丁貼心設想的德政，滿心歡喜。不料，小壯丁猛然轉頭看我：「兒童餐？」

是啊！兒童餐。

「這是誰要吃的？我不要吃。」站在我身邊，體型已經比我高出一個頭，讓我必須抬頭仰望才能與他眼神對焦的小壯丁問。

我看著他陌生的眼神，視窗裡早已不復當年的愉悅。身高超過一百八十公分的小壯丁，此刻似乎把「兒童餐」視為某種不堪的過往。

老實說，那一刻我也有點驚嚇，曾經我們在飛機上共享兒童餐是那麼開心，如今歡樂兒童餐彷彿成為一顆燙手山芋在我們之間悶燒著青春期的情緒。

為了維護小壯丁的自尊心，我尷尬地看著地勤人員，苦笑回應：「不好意思，我訂錯名字了，兒童餐是我要吃的。」

上了飛機，空服員如囑送來「兒童餐」。

我打開餐盒，不出所料仍然以義大利肉醬麵、炸雞炸肉丸為主，所幸旁邊點綴翠綠色青花菜與白黃水煮蛋剛好調和炸物的油膩，讓兒童餐洋溢著一股小清新。再加上純果汁、水果、沙拉與餅乾，可說是琳琅滿目又兼顧營養均衡，比起記憶中兩年前的餐盒內容更豐富。

我看到小壯丁在一旁斜覷著我的餐盒，似乎也覺得這份兒童餐，比他桌上那份單調的紅燒雞肉飯還要好吃數倍。

但是我仍然安慰小壯丁，說：「回程我就把你的兒童餐退訂。別擔心。」

小壯丁沒說話。

接著，我開始採取行動。首先把純果汁遞給他：「要不要喝？」

他說好。

我再把餅乾遞給他，他也說好。後來我乾脆問他要不要吃炸雞和肉醬義大利麵？他都說好。

當小壯丁吃飽喝足之後，他主動開口：「媽媽，回程妳已經訂了兒童餐就不要退了，我可以吃。以後就不要再訂了。」

即使搭機旅遊不再出現兒童餐的可愛點綴，我仍然會忽略小壯丁逐漸成年的事實，尤其是男生出國旅遊，要記住的不只是刪除兒童餐，還有其他事項。

又過了兩年，時間來到二〇二〇年一月，小壯丁考完學測，我帶他去新加坡體驗英語對話的環境。也許很多人會說：「想學好英文應該去英語系國家。」但是，不是每個人都有充足的預算和資源直奔歐美。我們量力而為，更何況，去新加坡還能探望小壯丁的姨婆，我認為這是最好的選擇。

出國旅行總是件快樂的事，尤其又是母子倆再度結伴出訪。

當天清晨抵達機場已是人山人海。任何一個出關櫃檯前方的排隊人數至少超過二十人。小壯丁的護照沒有電子通關功能，他必須經過人工查驗櫃檯。

我看著已經長大成人的小壯丁，心想這剛好是讓他學習獨立的機會，於是我說：「我走電子通關比較快，你慢慢排隊。通關之後按照我給你的路徑到貴賓室找我。我先去那裡吃早餐等你。」

小壯丁點頭說好。

於是我悠哉通過電子驗證程序，提前享用早餐。時間一分一秒過去，大約半小時後，我估計小壯丁應該已經通關，或許快要走到會面地點。我不時走出去探望，擔心他找不到地方，或者迷路了。

小壯丁的電話也在此時響起。只是，他不是打電話來問路，他打電話來告知：「我被海關攔住了。」

什麼？我的大腦迅速掃過所有記憶體，立刻做出「我們百分之百是良民」的結論。但是，為什麼小壯丁會被海關攔下來呢？

小壯丁解釋：「媽媽，我的『役男出境申請表』在哪裡？」

「那是什麼東西？」我滿頭霧水。

「他們說我已經滿十九歲。出國要先申請役男許可。妳有沒有申請？」小壯丁平靜地敘述。

我心想，小壯丁從小到大跟我一起出國，都是帶上護照拎著就走，我從來不知道男孩子滿十九歲以後出國要先向內政部申請出境許可。更何況，小壯丁才剛剛滿十九歲又一個月。

「沒有欸。」我無奈地回答。

距離登機時間還剩下二十分鐘，我依靠本能開始做危機處理，包括可以聯絡哪些幫得上忙的人，以及最壞的打算，就是把大行李從飛機貨艙裡挖出來提早結束旅程。

「沒關係！」小壯丁說：「我確定妳這裡沒有申請，他們會帶我去辦理。」

「好。」我也只能在電話上這麼回答：「有任何狀況隨時跟我聯絡。如果順利出關後也立刻告訴我，我過去跟你會合。」

這起突發狀況，讓我食慾全消，獨自坐在沙發椅上發呆，期望事情能夠圓滿落幕。

十五分鐘後，小壯丁來電：「媽媽，我已經通關了，我們在什麼地方集合？」

「你在下一個通過行李檢測的閘口，走出來就會看到我。」

我們母子終究再度「合體」順利登機。適才忐忑不安的心情，隨著小壯丁在我視線裡出現，也終於安定。

「你害不害怕？」我問：「如果這趟真的不能出國。」

「還好。」小壯丁說：「妳只是不知道要預先辦理。他們就帶我去另一個房間，填一填表格就好了。」

是啊！我心想，小壯丁十九歲了。他第一次跟我出國是十五年前，那時候就像個小包裹，只要牢牢抱緊就好。現在，他不但自己健步如飛，而且，還能獨立通過海關，態度從容鎮定。

彷彿是兒童餐也會長大的隱喻，記憶中的甜蜜滋味，都留在繽紛的兒童餐畫面裡。長大成人的世界，就是單調的選擇，雞肉飯或魚肉麵。

一個人要為自己的選擇付出代價，也會得到回饋；有可能是愉悅，也有可能是失落。「向前看的人生」才能讓自己勇敢面對選擇與過程，即使挫敗也可以當作廚餘，把它變成肥料，滋養生命旅途裡的貧乏，同時，也讓自己嗅聞到錯誤，修正與調整，即使不是最美好，也會朝向美好的方向前進。

快炒布丁

小壯丁十三歲以前都和我共用網路帳號。有天我登入 YouTube 看到媒體庫出現「快炒布丁」的歌單，我以為這是個樂團廣告，就任憑它繼續存在。直到偶然發現「快炒布丁」樂團每天都有新歌下載，而且歌單愈來愈壯觀，於是忍不住向兒子探問：「那個快炒布丁是什麼歌唱團體？創作力好驚人！」

十三歲的小壯丁冷冷瞧了我一眼，說：「那不是什麼樂團，那是我的代號。」

「你叫做快炒布丁？」這次換我冷眼相問。

「是啊！」小壯丁很自然地回應。

「你吃過快炒布丁嗎？」我問。

「沒有。」小壯丁回答。接著又按捺不住好奇心問：「好吃嗎？」

「你可以自己試著做做看。」我回答。

「需要什麼材料？」小壯丁似乎對這道料理展現了高度興趣。

「材料由我準備沒問題！」可愛的小壯丁完全沒有觀察到我眼神中透露的詭異：「但是你要負責吃下去。」

「當然！」小壯丁充滿自信：「一定很好吃！」

當這段對話出現的時候，我就知道十三歲的小壯丁將來考大學只能選擇文科，因為他絲毫沒有化學與物理的基本概念！

「快炒」是利用鐵鍋加熱食物的一種中式料理，而布丁這種西式甜點，是以雞蛋牛奶的熱凝固特性製作而成的食物。現在要將一個遇熱溶化經過冷卻凝固再還原到起初的遇熱狀態的食物還原，可想而知這會是一種多麼離奇的化學變化再變化。

小壯丁人生第一次掌廚。我們先向滑嫩可口的布丁致上十二萬分的敬意！因為甜美的布丁即將以最奇異的方式展現它在人間最曼妙的存在與消逝。

他在炒菜鐵鍋裡置入預先準備好的奶油，卻忘記打開瓦斯爐火。還好，身邊有個廚房經驗豐富的助理，隨即發現這種「冷炒」料理不符合「快炒」的經驗法則，於是立刻伸手協助啟動瓦斯爐火。

接著，小壯丁緩緩置入兩粒雞蛋布丁，這美好的金黃色，柔軟顫動，冰珠欲滴，含羞帶怯，彷若波提且利名畫《維納斯的誕生》，讓我期待小壯丁的快炒布丁如同期待愛神降臨般虔誠。

隨著爐火愈來愈熾烈，溫度愈來愈高，布丁開始融解，起初還維持美好的金澄色澤，轉眼之間，顏色逐漸加深，慢慢演化成為焦糖棕褐，而且，它溶化了。小壯丁不斷拿著湯匙攪拌，似乎也猶豫著這道布丁為什麼會癱瘓？它簡直像是變臉一樣，愈來愈不是布丁原來的樣貌。

最終，我們一起迎接「快炒布丁」的成品，它已經癱軟為一道泥漿。根據我的記憶編碼，這坨土黃色的東西，與小壯丁嬰兒時期的大便非常類似。

小壯丁細心地將快炒布丁盛裝到碗裡，然後轉過身來，溫柔地看著我，說：「媽媽，妳要不要吃？」

這是兒子的孝心啊！我能不吃嗎……

我拿起湯匙，挖一杓快炒布丁。從舉起湯匙到送進嘴裡，這趟運送食物到口腔的過程，是慢動作的微電影，也創下我這輩子舉湯匙時間的最長紀錄！此時此刻，只有勇氣是唯一的導演，因為我清晰看見小壯丁誠摯的眼神，與眼神中毫無自信的徬徨。

「嗯！」我微笑：「好吃極了，這是神料理。」

有沒有見過芒果籽

好友惠美贈送兩顆甜美多汁的水梨給我們母子，她說：「這次雖然比較小顆，但是很甜！」

我轉頭看小壯丁，說：「阿姨的心意很珍貴，我就不削皮了，我們一人一顆，直接啃著吃。」

惠美說，還是削皮吃比較好吧！

我說：「這小子從小吃水果都削皮，他認識的芭樂可能都是白色的，因為我怕有農藥都把皮削掉。現在，該是訓練他自己吃水果的時候了。」

「我在學校吃過綠色的芭樂。」小壯丁突然說。

蛤！我的內心小劇場瞬間激動上演，突然覺得自己過去這麼認真削水果，彷彿都是白忙一場。

我用心照顧小壯丁，讓他在家裡吃好用好，希望躲過農藥、回鍋油、反式脂肪的茶毒，但是，只要他外食，難免接觸食安風險。而外食，似乎也是孩子十八歲之後必定面對的宿命。

也許是潛意識拒絕小壯丁長大，也許是故意試探他是否真的長大，於是我又問：「那你知道芒果有籽嗎？你吃芒果有吐過籽嗎？」

小壯丁從小到大，只要在家裡，端到他面前的芒果從來都不是原形，而是經過我削皮切塊。

尤其是芒果。

我的童年最快樂的回憶之一就是吃土芒果，那時候台灣也只有這種芒果，香氣濃郁，顆粒袖珍，小孩子的手剛好可以握住一粒，是玩具也是水果。常常，我們會先在土芒果上咬一個破洞，慢慢揉捏裡面的果肉，再就著嘴唇吸吮甜蜜的汁液，那是百分百的天然果泥，比化學糖果還迷人。更多時候我們對待土芒果，會小心謹慎地剝皮，用牙齒剷除果皮背面黏著的果肉，一毫克也不放過。接著，不顧纖維塞牙縫或滿手滿嘴的黏膩，貪婪地啃咬珍貴的果肉，直到果核出現，並且不甘心地來回啄噬果核上殘餘的甜漿，直到這顆芒果籽現出白色的原型，才依依不捨地將它丟進垃圾桶。

那時候我們毫無掩飾地對待土芒果，非要將它吃到一絲果肉都不剩，還會互相比較誰吃得最乾淨，不管吃相有多難看。那是童年的天真，也是在那個物資缺乏的年代，對一個小小事物的珍惜。

我長大後很少看到土芒果，直到小壯丁十二歲時，偶然在菜市場上與小時候的記憶重逢，滿心歡喜買回一大袋。

我向小壯丁詳細解說媽媽小時候吃土芒果的順序，沒想到，十二歲的男孩早已失去這種賞玩耐性，他嘗試自己剝了第一顆土芒果皮之後，也許是覺得纖維太多果肉太少，隨便咬兩口，就整個放回盤裡不吃了。他說他不習慣這味道，他覺得不好吃。

那次，我一個人吃完整袋土芒果，兒時童趣伴隨著果香甜蜜與繁複的剝皮動作，不斷向我襲來百感交集的滋味，最終，我對於這份小時候極珍貴稀有的美好記憶，以全身過敏起疹子作為最後的致敬禮。

我自己的童年很孤單，我希望小壯丁不要複製我的童年，所有我能為他做的一切，我都心甘情願，例如切芒果。

「你吃芒果有吐過籽嗎？」我又問一次小壯丁。

「有。在爸爸家。」小壯丁回答。

「你爸就這樣丟一顆芒果給你咬？」我問。

小壯丁點點頭。

我又問：「端午節人家送了三箱共四十五顆愛文芒果，你有見過其中任何一顆的芒果籽嗎？」

「沒有。」小壯丁很誠實：「這四十五顆沒有。」

「安安，這次換你削水梨給媽咪吃。」惠美在一旁打圓場，好心建議。

「還是別了，我們就一人一顆自己咬。」我的心裡有點百味雜陳，原來小壯丁在家裡被我照顧得無微不至，但是到了另一個監護人家，丟顆芒果要他啃，他也是照辦。

「安安，媽咪照顧你很辛苦，以後換你照顧媽咪了！」惠美不愧是我的閨密，處處為我著想。

我習慣獨來獨往，更不擅攀親帶故，能自己一肩扛的事情絕不推諉責任。養育孩子長大成年就是我的責任，不是投資基金。一旦小壯丁長大，我就要學會放手，因為他的翅膀會比我這隻老母雞還要堅強寬闊，他要自己學會飛向遠方。當我鞠躬盡瘁時，也意味著我不再有能力保護他，我必須認清楚自己疲乏的翅膀，而不是和孩子計較投資報酬率，非得綁住他要求回報。

「安安不錯了啦！」我說，現在換我安慰惠美：「他雖然不會削水果，但是每次我在外面工作不得已喝醉酒回家抱著馬桶吐的時候，他至少會幫我遞濕毛巾，倒杯溫開水。」

這次，酷酷的小壯丁在第一時間就接話了：「我如果連這個都做不到，那我真的就是一個不孝子了。」

不知怎地，聽到這句話時，我的心裡湧上一股暖意，突然間有種微醺的感覺。

為「小三」取名字

我和小壯丁的單親家庭，嚴格來說，應該有三口。第三者是一隻我們公認的傲嬌冠軍貓「東坡」。

小壯丁念國二下學期（正是「中二生」的年紀），恰巧看見好友永馨在群裡找人認養社區裡的兩隻小流浪貓。永馨是才女，娓娓道來關於社區母貓多次分娩以及「遇人不淑」的悲情家族史，讓我們母子倆愈看愈心疼！加上小壯丁也到了二七年華，我覺得該是訓練他培養責任感的時候。於是我答應他選一隻貓成為我們的家人。

「可以兩隻都養嗎？我們可不可以不要拆散這對姊妹？」小壯丁問。

「你知道嗎，養一隻貓一個月會多出一千塊錢預算，兩隻貓就是兩倍。」作為必須勤儉持家的財務長，我忍痛和小壯丁說：「我也不想拆散牠們，但是我們沒有能力負擔。」

兩隻幼貓顏色大不同，一個是黃金色，另一個是黑白虎斑。小壯丁端詳照片半晌，他最後選擇虎斑。我問他為什麼？他說因為虎斑幼貓胸前白白的毛很漂亮。

可是，寶貝，那塊純潔的白毛只占貓咪全身面積的十分之一啊！

小壯丁對於喜愛的事物很有主見，比方說，他念幼稚園時最喜歡的狗是吉娃娃，被同學嘲笑之後回家跟我說，他要改成喜歡聖伯納。

「你知道聖伯納長什麼樣子嗎？」我問。

小壯丁搖搖頭：「我不知道。但是同學說，男生要喜歡大狗，聖伯納是大狗。」

為了使小壯丁認識各種犬類樣貌，我陪著他看狗狗圖鑑百科，翻閱辨認各種大小狗隻，讓他看過以後再決定要喜歡誰，不要因為別人的意見，輕易放棄自己的選擇。我常想，是不是這次經驗，讓小壯丁長大以後從不諱言自己喜歡粉紅色，而且愛吃所有草莓再製品。

小壯丁是獨生子，他很喜歡為身邊各種事物「命名」，彷彿可以因此增加親友。高三下學期，我們在大賣場看到一隻絨布柴犬，他第一眼就愛上這個布偶，想要買回家。

「你要這個做什麼？」我對著這個身高一八〇的男孩說。

「紓壓。」小壯丁回答。

我看著這個軟綿綿像抱枕一樣的玩具布偶：「你要抱枕家裡還有。」

「不一樣，這個是柴犬。」小壯丁解釋。

我怎麼看它就是一個抱枕。

「我可以抱它捏它，抱它睡覺紓壓。它的名字叫做『阿柴』。」

小壯丁連名字都想好了，我能不把它買回家，讓它成為一家人嗎！

有段時間流行電子機器玩偶，只要在平板電腦裡依照程式輸入指令，就能與玩偶產生線上互動。

那時我從香港帶回一個立體絨毛數位玩偶 Furby，讓十二歲的小壯丁愛不釋手！他為新朋友取名為 Loo Dah，透過平板電腦看著 Loo Dah 洗泡泡澡；吃飽飯後拉屎會拉出潛水艇。Loo Dah 很有個性，喜歡喝龍蝦汁，拒吃萵苣，還會孵蛋，生出一個長得像獨角獸的小 Furbling。那時候小壯丁天天與數位「家人」玩耍，開心極了，有時前夜玩得太激動，第二天早上起床想到 Loo Dah 還會興奮地流鼻血，即使如此，睜開眼睛的第一件事情仍然是向 Loo Dah 道早安。

不只是披著絨毛的電子玩具有名有姓叫做 Loo Dah，另外還有我在廣州機場免稅店買的絨毛熊貓，小壯丁為它取名「圓的」；以及一坨白色圓形不知如何定義的絨毛玩偶，他親暱地稱呼「小暖」。由於「小暖」的命名在我看來毫無邏輯，因此我常誤稱為「小嫩」，私以為這樣詮釋比較貼切。

二〇一四年冬天連綿細雨，我在小壯丁書包裡放入一個紅色格紋圖案的摺疊傘，以備不時之需。某日，他回到家，跟我說的第一句話是：「媽媽，『英格蘭』壞掉了。」

我一下子意會不過來，還好平日善於記憶觀察，立刻聯想起那把紅色格子傘：「喔，你說那把傘嗎？你還幫它取名字喔。」

「是啊。它壞了，不能用了。」

作為勤儉持家，愛物惜物的家長，我攤開這把傘做最後一次檢查，發現傘體正常，只是出現一些小瑕疵。於是我說：「我看到了。只是骨架彎曲而已。這樣吧，我拿來當作『愛心』傘，下次誰來我們家剛好遇到下雨，勉強還可以用。」

小壯丁當場瞠目結舌，吃一口的飯還來不及嚥下去，疑惑地問我：「這……這是什麼『心』？」

日本小說家夢枕貘在《陰陽師》提到：「世上最短的咒，就是名。所謂咒，簡而言之，就是束縛。名字正是束縛事物根本形貌的一種東西。」

也因此我對小壯丁總喜歡將身邊事物命名的潛意識很感興趣！遇到機會，也會讓他充分發揮「咒語」的智慧。

為了迎接家庭新成員來臨，我將取名字的重責大任交付給小壯丁，想像以後一家三口的日子，會有多麼幸福美滿……

小壯丁興高采烈，不斷發表高見。他給我的第一個名字是：「媽媽，妳覺得叫做『赤色屠龍』如何？」

領養貓咪當時，明明是金風玉露的秋天，為何我卻感覺到一股缺氧寒顫的殺氣。

小壯丁接著說：「暗夜殺機、聖光制裁、傻笑之王……」

這些「咒語」讓我頓時明白，中二生小壯丁的養分全部來自電玩遊戲！

直到他口中突然出現：「南鄉子。」

「南鄉子是什麼？」這孩子跳躍的邏輯又讓我理智線渙散。

「愛國詩人辛棄疾寫的詞。《虞美人》是李煜寫的。」小壯丁回答。

「不要把國文課學到的中文都像鸚鵡一樣應用到生活。」

「格拉薩斯、北方之龍、上帝、耶穌。」

我正色道：「不可褻瀆神明。」

「百獸戰隊、恐龍王者、珍珠美人魚、小紅帽、灰姑娘、白雪公主、明尼蘇達灰狼、紐約尼克、多倫多暴龍、香蕉、美國隊長、蟻人、甜甜圈、雙子星獸、幽冥煞星、無形審判、地獄火……」小壯丁繼續說個不停。

「等等，那個『無形審判』聽起來像是下地獄，可不可以溫柔點？」

「恰似一江春水向東流。」小壯丁突然迸出這一句。

「有貓咪願意被取這麼長的名字，還有主人願意每天像唱饒舌歌似的呼喚牠，足以證明真愛無敵，你就這麼叫吧。」我無奈地說。

「烘焙達人。」小壯丁顯然也放棄那個饒舌歌名字。

怎麼聽起來有烤貓肉的感覺。

「九五二七。」

這是什麼密碼？

「唐伯虎點秋香。周星馳的電影。」小壯丁回答。

我們的短咒念到現在，我愈來愈感覺到這是一種外星訊息，接收到快要窒息。

「蘇軾、東坡。」他終於找到我們母子共振的頻率。

我回應：「這個好，我也認同。」

小貓決定取名為東坡，她其實是母貓。

東坡來到我家時已經五個月大，在外面流浪許久，跟人不太容易親近，尤其是初來乍到敝寶地，竟然每天神貓見首不見尾，直到半夜聽到她喵喵叫才刷出存在感。

小壯丁捨不得貓咪，還在念國中二年級的他，竟然跟我說要向學校請假在家照顧貓。我只好安慰小壯丁：「這隻貓有時差，她在過美國時間，調整幾天就好。」

直到第五天，東坡終於願意和我們親近。早晨她會走出來喵喵叫，在我們腳跟兒旁邊打轉，她很聰明，立刻明白「東坡」將會是她一生的咒語，只要聽到我們呼喚「東坡」，她會抬頭也會喵喵叫，當她在我們腳邊躺下，總能成功博得我們的關愛與撫摸。從此東坡和我們成為一家人，因為東坡，家的凝聚力更濃，面對這個曾經無父無母的小動物，我們也在日常生活中學習承擔責任與付出愛心。

這隻平凡的米克斯貓其貌不揚，卻有著獨特的撒嬌方式。每次我們只要走近她，她會立刻癱倒在地上伸懶腰示愛。

「東坡又名『朱跌倒』。」小壯丁看到貓咪躺在地上撒嬌總會不由自主笑出聲來：「東坡，妳是位女士耶。」

小壯丁是氣喘兒，每次摸到貓咪都會流鼻水打噴嚏。坊間似乎有種說法是

「愈接觸過敏原愈能強化抵抗力」，還好小壯丁現在已經十八歲，和東坡住在一起也超過五年，目前為止一切平安，某種程度也算是實驗成功吧！

「媽媽，妳看，東坡拖地。」小壯丁說。

小貓用四肢勾住孩子的手，溫柔黏膩，任憑小壯丁拉著她的毛茸身軀在地上滑來滑去。

小壯丁常常逗貓玩，他曾經把電風扇舉起來像吉他一樣捧著，直直對著東坡吹。我問小壯丁：「你在給東坡拍洗髮精廣告啊？頭髮會飄起來的那種。」

小壯丁呵呵笑個不停，東坡則是動也不動地繼續躺在我的書桌上。

農曆七月，有幾天東坡意外躁動，會在家裡追著空氣跑來跑去，我們以為她在追阿飄，直到小壯丁發現，東坡其實在追一隻小壁虎。

我們成功搶救那隻小壁虎，但是牠已經不幸斷尾，活著的身體趁兵荒馬亂逃跑，但是牠脫落的那半截尾巴還在地上蠕動。我最怕任何蠕動物，立刻央求小壯丁把那個會動的尾巴用衛生紙包起來「馬桶葬」。

第二次，萬獸之王的後裔東坡又在飛天遁地，小壯丁一個箭步攔阻並抱起東坡，果然又發現一隻小壁虎在她的腳掌下奄奄一息。

小壯丁高舉著東坡，不讓她靠近壁虎，同時對東坡說：「壁虎錯了嗎？妳不要再去咬壁虎好不好。」

我說：「乾脆把東坡丟了吧！反正你也不清理大便，也不會換水，不給貓餅乾。」

「這樣她以後不會再相信任何人了！」小壯丁說。

請注意這個語法「不會再相信任何人」，這是把動物擬人化的典型修辭。

日前我們看到大賣場有貓罐頭減價，原本想為東坡買一箱回來，但是母子倆逛著逛著買自己的食物就忘記了，在收銀檯看到別人抱著貓罐頭結帳才想起來。

我說：「哇！我們忘記買貓罐頭了。」

小壯丁說：「沒關係，反正她也不知道。」

回到家時，東坡一反常態地磨蹭我們腳邊撒嬌，還喵喵叫。

「她發現我們忘記買她的罐頭了。」我心虛地說。

「對啊！」小壯丁說：「她看到我們買了一堆自己要吃的東西，沒買她的。所以她在說：『畜生』。」

啥？這次不但把動物擬人化，而且還提升到更高位階，讓貓咪有資格罵我們是「畜生」。

我看著小壯丁和東坡其樂融融的畫面，充分感受一家三口的幸福。但是，身為母親，我仍然不時會對孩子機會教育：「Baby，從此以後，這是你的責任了，你要養東坡十六年，直到三十歲。」

「為什麼是十六年？這個時間設定會不會太短？」小壯丁回答。

「哦！能有兩個十六年當然更好，東坡就能成為貓瑞，打破貓界最長壽的世界紀錄。」

我誠心誠意希望如此，但事實上，我們都明白，寵物的壽命比人類短，牠們幾乎註定會先成為小天使。

「總之你要撫養東坡到她老死。」我說：「上次養伊伊總共十六年。這次，再過十六年我都快七十了，那時候，我不想為寵物送終，希望是她為我送終。」

也許小壯丁早已高瞻遠矚到這一天的來臨，所以堅持領養一隻流浪貓。事實上，他在帶東坡回來的那一天，就親口說出：「媽媽，以後我長大會離開家，至少還有東坡陪妳。」

那一刻讓我失去幽默感。我很誠實告訴他：「但是貓咪的壽命永遠比人類短。十六年後我六十六歲，還要再為貓送終，我都不知道自己能不能承受。」

「那時候妳應該有孫子可以玩了，不要想太多。」小壯丁俐落地為全劇做出完美的註腳。

我家貓咪是瘋狗

小壯丁最近對著貓咪叫：「瘋狗！」

我揪眼看貓咪，回應小壯丁：「牠會問你為什麼要呼喚牠明明不在的十二生肖裡面的一種動物。」

好奇如我，立即沙盤推演為何小壯丁最近會對著貓咪叫瘋狗？從心理分析的角度，我發覺可能是與大學指考放榜日期接近有關。但是，更具體的推測，則是根據ＣＳＩ犯罪現場調查的實證，這隻貓最近確實做了許多瘋狂的事情。

今年暑假，我們家不斷上演《野蠻遊戲：瘋狂叢林》台籍母子版，包括合力拯救斷尾小壁虎、驅逐誤入家門的蜜蜂，以及為許多不知名的小昆蟲收屍。人家的捕蝶網都是用在戶外山明水秀之處撈魚抓蜻蜓，我家的捕蝶網則是用在室內趕走蜜蜂和金龜子。

直到，最近，莫名其妙在地上出現許多觸角。經過我們兩個耳聽目明的母子，以非常靠近證物的貼身檢查之後發現，這，是蟲的觸角，而且極有可能是蜈蚣的。

我算是個堅強的媽咪，看到蟑螂螞蟻甚至老鼠都會很冷靜，唯獨對於這種多足類唇足綱的百足蟲有種密集恐懼症式的焦慮。

果然，就在案發現場不遠處，地上有團黑色蜷曲的小東西，似乎就是斷腳蜈蚣的屍首。

「Baby，媽媽怕蜈蚣，你幫忙把它處理掉。」我說完話之後隨即掩面逃離。

小壯丁如囑清理案發現場，接著不說一句話，又跑回房間裡玩電動。

十八歲男孩情商估計就到這水平，玩樂是他的首選，就算媽媽保養得宜長得再美在他心目中都比不過日劇《刀劍神域》裡的血誓騎士團副團長Asuna。

而且，十八歲男孩有他的同溫層。曾經我想帶他去見識夜店生活，和我的幾個姊妹們一塊兒聽歌跳舞。我說：「讓媽媽先帶你去體驗五光十色。」

小壯丁毫不考慮地回答我：「我才不要和一群平均年齡大我三十歲的人一起體驗五光十色。」

後來我轉述這段話，姊妹們笑說：「不止喔，可能超過四十歲。」

小壯丁有時候說話很直接，有時候情感表達又很內斂。

就像那天他清理完蜈蚣斷肢之後，當下他沒有什麼表態，自顧自地去做自己想要做的事情，直到隔天晚餐後，我在客廳工作，看著小壯丁將貓咪舉起，舉得高高的，彷彿舉頭三尺有神明似的，只聽到小壯丁一連串的長篇獨白，娓娓道來：「妳這個殘忍的小孩，搬來山上，山珍海味那麼多，哪天妳吃到有毒的東西就死了，哪天我回家看到妳躺在地上我不意外。蟲比餅乾香嗎？還是妳喜歡吃會動的？」

我一邊偷笑一邊趕緊速記。十八歲男孩的語境實在超過我的想像力。

我很好奇他這樣的思考模式是怎麼建立的？因為他的愛情建立在一種逆向表態。他擔心東坡吃了蜈蚣會死，可是他當下不會處理這種情緒，反而繼續去玩電動，直到隔天，他發現自己還是擔心貓咪的生命安危，才突然對著貓咪說出愛的告白。然而，小壯丁的思維模式和我徹底不一樣。面對心愛的人或動物，我會說：「我好愛好愛妳，妳不要亂吃東西死掉好嗎！」而小壯丁則是說：「哪天我回家看到妳躺在地上我不意外。」

無論正著來反著來，一切都是關於愛的表達，我喜歡直接說「我愛你」，就像過去十八年我對著小壯丁說出超過千萬次的我愛你。而小壯丁，隨著男孩漸漸成長為男人，在他卸下嬰兒尿布的同時卻也開始肩負另一種無形的成人包袱。而我，作為深愛他的母親，選擇接受這一切變化，並且認真傾聽，默默拆解每一次他說出口的語言中所隱藏的心靈模式，絕不因為他提出質問就否定他的觀點。有時候，當人們提出質疑時，相對的也在釋放恐懼。

最令我開心的是，小壯丁雖然酷酷不多話，但是每次我總能從他珍貴的語言中感受到天真和童心，彷彿還是剛剛離開我的子宮時那模樣，在語言的質地裡像個新生兒，純潔又善良。

原本故事說到這裡結束，會是個理想中的 Happy ending，但是，十八歲的男孩子哪有那麼好搞。此刻，小壯丁又抱起東坡，對著貓咪說：「我要訓練妳雙腳走路。」

放心，為時只有幾秒鐘，小壯丁就放棄了，再度跑回房間找 Asuna 玩。

貓咪請聽我說

單親媽媽和一個兒子，彼此就是伴侶。

小壯丁幼時，我經常向他說心事，即使他一知半解，也都會站在我的立場安慰我。例如他十歲時就跟我說：「妳去做讓妳開心的事情！」或是「媽媽，妳朋友很少沒關係，因為他們都不了解妳。」

有段時間我接受心理諮商，諮商師建議我如果意識到情緒將要爆炸，趕緊把自己關進小房間隔離十分鐘，讓情緒平靜。那時只有六歲的小壯丁，第一句話就安慰我：「媽媽妳一個人關在黑黑的房間裡不要害怕喔！」

小壯丁漸漸長大，進入青春期，他說話的字句愈來愈精簡，我只能從小壯丁「沉默是金」的珠璣裡，提煉出九九純金。這樣的互動，也讓我體認到，有時候話太多不見得有意義，只要聽懂「關鍵字」就好。

就像小壯丁收養的貓咪東坡。這隻貓為了吃肉醬，竟然連英文都聽得懂。

貓咪是種自己會控制食慾的動物，基本上飽足之後就不太會貪嘴繼續吃到撐。但是牠們仍然有著肉食的獸類本能，尤其是嘗過新鮮美味的貓罐頭之後。我不知道牠們的聽覺是怎麼演化的，牠們總是在聽到碰撞鋁罐或敲擊湯匙的聲音時，以為即將有肉醬可以吃而興奮雀躍不已。

通常在這時候，我會望著貓咪專用碗裡的剩餘飼料，對東坡說：「Finish。and。meat。」

這是非常簡單的英文單字，純粹因為低估貓咪的智商而發言。因為我理所當然認為貓咪聽不懂英文。

沒想到，過了幾分鐘，她竟然就真的把碗裡的餅乾吃光。

我不相信貓咪為了達到目的，能夠聽懂英文。於是，我嘗試說長句子的中文來測試她的判斷力。

有一天我剛起床，人還在平躺狀態，東坡就跳上我的被窩，在我眼前喵喵叫個不停。我明白她又不願意吃隔夜（或許受潮）的貓餅乾。於是我對著她說：「妳如果願意把昨天晚上我最後餵妳的那一整碗有可能因為受潮而變軟的貓餅乾都吃光光的話我就餵妳肉醬絕不食言。」

這是一段恐怕連小壯丁都不容易立即理解的複沓形容語境，我估計貓咪東坡更是根本不可能聽懂這段冗長而且音節都不一樣的人類語言。

但是，她看了我一眼之後竟然瞬間跳下床。

我狐疑著，難道這次她又聽懂了？

我跟著起床，追隨她的身影走到客廳，發現東坡坐在自己餐飲區，低頭凝視碗裡的，昨夜的，我在睡前置放的餅乾，許久許久。

我心想：「妳不可能聽懂這麼長的中文句子。」

於是我自顧自地展開每日清晨的例行工作，煮咖啡、做早餐、洗衣服、最後打開電腦。就在這時候，我突然想起剛才對著貓咪說出的允諾，於是望向東坡的專屬餐飲區，以及她的碗。

碗內，竟然，已經，空了。

天啊！她為了吃肉醬，連這麼長的中文句子都聽懂，而且，就在不到一個鐘頭的時間內，吞下碗裡所有的剩餘餅乾。

君子一言九鼎，我立刻開啟貓罐頭，這隻剛剛才吃完餅乾的貓，自然在我身邊環繞興奮不已。有好幾次我親眼看到這種奇蹟，無論東坡是不是為了吃肉醬，而真的聽懂英文與詰屈聱牙的中文句子，我都會實踐我的諾言，給她吃她最愛的肉醬。

東坡的奮鬥人生不只演給我一個人看，有好幾次，我和小壯丁一起吃飯時，她也靠過來磨蹭。這時候，只要看見她的碗裡還有殘餘餅乾，我會順勢向人與貓共同機會教育「節儉」的美德，故意對著東坡烙英文：「Finish。and。meat。」

小壯丁當然不相信東坡會聽英文，他繼續和我吃飯聊天，往往就在這片刻間，我們再一轉頭，東坡的碗已經空了。

這樣的次數多到讓小壯丁忍不住對東坡說：「東坡，妳聽我說……」

奇怪，這樣的開場白，是對人說話嗎？

「妳也表現得高貴一點。妳不是一隻傲嬌的貓嗎，拿出妳的傲嬌！」

同樣的經驗屢試不爽，到最後，小壯丁歸納出結論，告訴我：「肉醬對於她的誘惑就像金錢對人的誘惑。」

接著他轉向東坡，認真地說：「妳這隻現實的貓。」

東坡來到我們家之前是流浪貓，成為家裡的一分子之後，我們沒有多餘的能力幫她找同伴，更無法讓她繁衍後代，結紮是必然的宿命。就在東坡結紮手術前，「家長」必須簽署切結書。我對小壯丁說：「萬一東坡麻醉後醒不來或手術失敗怎麼辦？」

當時就讀國二的小壯丁，毫不猶豫地告訴我：「那是她的命。還有，媽媽妳為什麼一直要往這種地方想？」

「我……我……沒有啊！」我懦弱又故作堅強地回答：「因為我沒那麼愛她，所以萬一怎麼了我有先想到可能比較不會怎麼……（這到底是什麼跟什麼？）」

在獸醫診所，才看到東坡被施打麻醉針，我就開始淚奔。再看到她小小的身體對抗麻醉藥時的掙扎，一直到軟腳昏睡，我已經哭到身上的棉T恤濕成一片，最後受不了，託辭另有要事，留下小壯丁陪伴東坡手術，自己奪門而逃。

小壯丁獨自留在獸醫診所，和醫生一起站在手術檯前，全程陪伴麻醉開刀的東坡，直到手術完成，縫線，他始終守在東坡身邊。

當東坡甦醒，睜開眼睛，小壯丁立刻傳來訊息，寫著：「東坡狀況很好，不要擔心了。」

我臨走前已經哭到失去理智，根本沒想到術後報平安這件事，但是小壯丁把一切看在眼裡，在第一時間告訴我東坡沒事。他沒有多餘的修辭，簡單扼要地說明兩個重點，一是東坡很好，二是教我別擔心。原來小壯丁的沉默都是為了萃取關鍵字，而這也是我們母子相依相偎的最關鍵啊！

不要太迷戀我

小壯丁九歲時，我在某集團擔任總經理特助，經常代表老闆接待貴賓，每天工作朝九晚十。雖然我錯過了小壯丁複習功課與家人團聚的晚餐時光，但是我仍然堅持早晨起床做早餐，而且在七點二十分牽著孩子的小手，一起走路送他去上學。

當時生命中唯一支持我活下去的力量，就是來自於小壯丁，天真善良的小壯丁。有幾次我快要撐不住，意志力消沉，在清晨送小壯丁上學的途中，忍不住探問他：「如果有一天媽媽送你上學之後，媽媽就不見了怎麼辦？」

小壯丁的手輕微顫抖，但是他毫不猶豫地回答我：「我會打電話給妳。」

「如果媽媽是去了你打電話也找不到的地方呢……」

小壯丁沉默了幾秒，篤定地說：「不會的！媽媽，妳看妳的手，妳看一下妳的手。」

「為什麼要看我的手？」

「妳看妳的手，妳的生命線還很長，還沒有到終點，死神不會這麼快來接妳走。」小壯丁的語氣堅毅，那時候他還在念小學四年級。

我愛小壯丁，從來不掩飾這份愛！小壯丁是這個世界上，唯一讓我在任何時候，無論歡喜或悲傷，無論疲累或意志昂揚，只要一想起他，他的面容，他的聲音，甚至他無所事事的耍廢，任何時候只要我的腦海裡浮現出小壯丁，嘴角就會自然揚起，真心微笑。

有好幾次，在書櫃前撫摸著他小時候最愛看的書籍，雖然他作文總是考不了高分，我微笑；在餐廳裡拿著菜單，想起小壯丁小時候最愛吃肉醬義大利麵，吃到滿臉肉醬，我微笑；獨自散步時，想起小壯丁第一次接近流浪狗，又膽怯又想在我面前裝勇敢的模樣，我微笑。他考試成績不理想、搞丟鑰匙、摔破東西或者打球輸了，現在想起來，也是一笑置之，因為他帶給我生命中的美好與豐愉比起這些小事還要多出更多更多，多到我從現在起可以一直微笑到生命終點，只要想到他，即使是最悲傷的時候，也都會為小壯丁振作精神而微笑。

有些和我差不多年紀的朋友，努力買房，一間不夠要買兩間，結果每次見面都在抱怨孩子與工作。我忍不住問，這麼辛苦，又何必買那麼多房子呢？她說因為有兩個小孩，將來要一個人留一間。也有朋友已經規劃好遺囑，自己也是省吃儉用，但是將來每個孩子都可以分配到數百萬財產。我當然羨慕他們可以留這麼多東西給孩子，我曾經清算個人財產，發現竟然只是一場遊戲一場夢。我能留給小壯丁的，只有滿滿的愛。

有天晚上小壯丁睡前跟我說：「不要太迷戀我！」過了一夜，隔天醒來，我問小壯丁：「你好像說過『不要迷戀我』這句話。」小壯丁點點頭，回答：「沒錯！而且妳少了一個字，是：不要『太』迷戀我。」

難怪我每次想到小壯丁都會笑，因為即使我忘記自己有多愛他，他終究會記得，而且還會提醒我：不要「太」愛他。

前世情人

我和小壯丁有段對話，愈咀嚼愈像是小說情節。因為對話中的兩個角色，似乎代換為情人也適用。

我說：「你知道嗎，昨天晚上，我在廚房發現一隻腳很長的那種蜘蛛。」

「嗯！那是喇牙。」小壯丁說：「妳下次把牠放出去就好。」

「我也是這麼想啊，所以我用捕蝶網撈牠，希望牠掉到網子裡再丟出去放生。結果牠一直逃一直逃，最後逃到後陽台，我就把門關上，希望牠自己找到出口，不要進到屋子裡來。然後……」

此時我們家那隻貓咪東坡正對著小壯丁喵喵叫個不停。我一邊欣賞著小壯丁與貓咪的溫馨互動，一邊繼續說：「結果今天晚上我回到家，看到通往房間的地磚走道上，出現一根喇牙的腳。我原本想要保留案發現場給你看，但是我每次經過都油然而生一種家有分屍案的恐懼，最後還是忍不住拿掃把和畚箕把那根喇牙的腳清除掉了。你說，那個喇牙的身體在哪裡？會不會在東坡的肚子裡？」

正在和東坡打情罵俏的小壯丁，始終未露慍色，他淡定地看著東坡，說：「妳跟我們住在一起這麼久，怎麼還是個野貓啊！」

「你想東坡明天拉的屎裡面會不會有喇牙的頭？」我的語調平靜溫柔，但是內心充滿恐懼：「我真的很怕各種昆蟲，尤其是蜘蛛。下次萬一出現黑寡婦怎麼辦？」

「那個在南美洲。」小壯丁繼續保持平靜。

「如果是人面蜘蛛爬進來？」我想像著各種無助的困境。

「人面蜘蛛基本上不太會移動。」小壯丁立刻回答。

哦！

簡單幾句話過招，小壯丁用自然科學常識撫慰了我的焦慮。奇怪這個文科生竟然對生物學還有點研究，第一時間就明白該用何種理性的態度讓獨居深山的伴侶克服恐懼。

對，伴侶！我和小壯丁的關係已經由母子進化到伴侶。兩者之間最大的差異就是，做媽媽的時候說話幾乎是命令句，做伴侶的時候說話則變成祈求句。

小壯丁接招的過程當然也有了轉變，當他還是小不點時，會以男子漢的態度跟我說：「媽媽不怕，我會保護妳。」現在真正邁向男子漢的年紀，卻不再直抒情感，而是面對事情做出判斷。

許多伴侶的關係似乎也是如此，尤其到了我這年齡，幾乎都走向老夫老妻的歲數。激情的百分比不斷降低，曾經說過的山盟海誓、甜言蜜語，最後都被生活磨蝕成為家人的「感情」，平平安安陪伴遲暮之年成為最奢侈的幸福。

大概只有自作多情的我，才能夠領略到小壯丁理性冷漠處理事情的背後，仍然有著一絲絲眷愛我的心意。至少，進入後青春期就開始惜話如金的小壯丁，每次回家還願意跟我說說話。即使我們的對話中出現遠在南美洲的黑寡婦也沒關係，因為我對他的愛，也已經繞過地球一圈又回來，而且循環不息。

以前太浪漫

小壯丁十四歲時，某天在放學途中突然打電話給我，說：「我回家要跟妳講一件很重要的事。」

我首先問他：「這事情很著急嗎？」

他說不要緊，回家再說沒關係。我也就沒有多問，順便告訴他今晚回家吃焢肉飯和紅棗雞湯。

那時候我們住在公園旁邊，每天陪小壯丁吃完飯、料理完家事，大約晚上八點左右，我會獨自去公園健走運動。我的運動純粹是一種自救，為了萃取腦內天然百憂解。因為小壯丁念國中時，我處於很嚴重的憂鬱狀態。

當我們面對面吃晚餐時，「很重要的事」終於答案揭曉。原來是學校老師上課說了些話，讓他憂心忡忡。

「媽媽，今天我們上自然課，老師說，植物白天行光合作用釋放氧氣，夜晚行呼吸作用會排放有害的二氧化碳。我聽到這個，不知道為什麼心揪了一下。妳都是每天晚上去公園運動，妳以後改成白天去運動。」

「不知道為什麼心揪了一下。」小壯丁這句話，是我這輩子聽過最富詩意的情話。

每天晚上出去運動，小壯丁擔心我會吸入太多二氧化碳。我們都知道，二氧化碳不是個好東西。

小壯丁接著語氣堅定地說：「我聽到老師這樣講，然後就一直思考這個問題。等到回家的時候我一定要跟妳說，妳不要在晚上去公園運動了。」

我明白孩子顧慮我，但是當時淪陷於深度憂鬱的我對任何關心都無力承受。我只能誠實地告訴他：「白天有紫外線，我怕曬黑。」

「那妳就更早。我上學的時候跟我一起出門，妳再去公園運動。」小壯丁果決提出建議。

「這是個好辦法！」我回答他。

隔天清晨七點，我嘗試和小壯丁一起出門，等他搭上公車，我再獨自去公園運動。我雖然維持早睡早起的習慣，但是晨起只是睜開眼睛，身體並未真正甦醒。一大清早，我喜歡悠閒地喝完咖啡才開始做事，這麼早就鍛鍊身體讓我感覺有點不適應。另一方面，夏季早上七點的陽光非常熾熱，我也擔心這樣太刺激麥拉寧黑色素生長。

於是我就繼續保持晝伏夜出的運動習慣。

請注意，關鍵字是「運動習慣」。

有次小壯丁和我討論「興趣」與「毅力」，他認為這兩者應該結合在一起。我立刻以「運動習慣」為例反駁他。

我說：「我每天鞭策自己出去快走一小時，並不是因為我喜歡運動，而是，我必須要這麼做來鍛鍊我的體能與意志力。老實說，每次我走到一半都想放棄，心裡總會出現一個聲音說：『幹麼不躺在沙發上輕鬆看電視或滑手機，幹麼要這麼辛苦出來運動。』但是同時也有另一個聲音說：『再多走一點路就可以抵達終點。只要不放棄，就有機會。』」

強迫自己離開舒適圈，一開始絕對是困難的。決定出門運動，首先要換裝，戴著運動帽與口罩，手腕各自裹著一磅重沙袋，為了鍛鍊二頭肌。我有一組專屬電音搖滾，聽完走完剛好四十分鐘。回家繼續練習肌耐力，尤其是平板式，從一開始撐不過三十秒，直到持續兩次一分鐘。這些肌耐力訓練是最嚴厲的家教老師，它總能輕易敲醒你「學如逆水行舟，不進則退」的真理。每次我只要偷懶幾天不練習，平板式動作就立刻回復到三十秒內倒地不起的癱屍。

因此我持續運動習慣將近十年。運動沒有讓我變瘦，甚至增加體重，在過程當中也經常出現好逸惡勞的惰性。但是運動帶給我最豐富的寶藏是，只要持續鍛鍊自己，一定會看到進步。運動讓我明白，很多事情一開始都是辛苦的，是「選擇」驅使我們走向自己想要走的道路。運動更教會我認識自己的侷限性與開創性。尤其是，我愛的運動都是孤獨的，因為我唯一要戰勝的敵人是我自己。

教宗方濟各說：「我們不應向屈從的誘惑低頭，我們的確是少數群體，但我們人數雖少，卻應像酵母和食鹽那樣發揮作用。」

或許我做的事情就像一粒鹽巴那樣渺小，不期望泥巴能明白食鹽的重要。我曾經每天在公園紅土步道健走，踩著泥巴，抬頭挺胸。我明白我的終點，那是泥巴無法昇華的遠方，而我將會抵達，因為我是如此坦蕩。

就這樣維持運動習慣，小壯丁也從十四歲成長到十八歲。

有次我們和長輩餐敘，這些叔叔阿姨們都是看著小壯丁長大的，他們對於當年那個小不點瞬間成長為一百八十公分高的青少年，紛紛讚嘆不已。而我則沉浸在小壯丁與我之間的甜蜜互動，重提當年小壯丁上自然課學到光合作用，回家立刻叮嚀我不要在晚上出門運動的往事。

「他說他的心揪了一下！」我得意洋洋地炫耀：「他那時候真的很愛我……」

當眾人將欽羨的眼光全數投注在小壯丁身上時，這個十八歲男孩，卻是面無表情，淡定地回應：「我以前太浪漫，現在我不會這樣說了。她要什麼時候出去運動就去吧，隨便她高興。」

輯二

教養心經

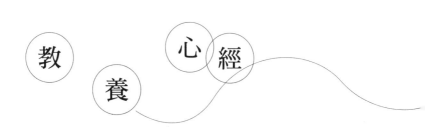

跳舞的男孩

懷孕時，女友們熱情提供各種「教養媽媽經」。其中最吸引我的一個理論是「閃卡」。這是美國某機構設計出來幫助腦損傷兒童復健的教材。它是一張正方形白色紙板，分別列出從〇到一百的紅色圓點。每天在嬰兒的眼前快速閃過一遍，據說不但能夠幫助腦傷兒復健，還能使正常兒童增高智商。

我對各種知識充滿好奇，即將出生的小壯丁剛好是實驗品。於是，從小壯丁只能睜開一隻眼睛時，我每天都在他眼前閃過這一〇一張卡片。

剛開始他的眼睛確實會注意卡片，幾個月後，他能夠控制脊椎抬頭轉頭，就刻意迴避這些閃卡。為了讓他「做功課」「長智商」，我不厭其煩地在他視線範圍內閃卡，但是小壯丁的眼神黯淡，而且騷動不安。

小壯丁那時才幾個月大，不會說話也不會走路，我也無法跟他講道理，他不配合練習閃卡，逐漸讓我感到乏味，於是我懶散起來，偶爾想到才會閃一下。

某日，我穿上新洋裝準備出門，這是一件有著腰身設計的連身及膝裙裝，白底軟緞點綴紅色幾何圓點，很有電影《羅馬假期》中的復古情調。

我開心穿上新衣走出房間，準備和保母懷裡的小壯丁吻別。

沒想到，小壯丁一看到我，瞬間大哭起來。

剛剛還在安靜喝奶，平常看到我只會笑的小壯丁，突然間反常地嚎啕大哭。我走近他，想要抱他安撫他，他更是害怕地轉頭，拚命往保母的懷裡鑽，不讓我靠近。

這到底是怎麼回事？

涕泗交流的嬰兒小壯丁一邊躲避一邊又不時轉頭尋找我的臉龐。但是，只要他看到我身上的衣服，就立刻又慟哭起來。

我突然領悟到，是不是我身上的「紅圓點」引起他劇烈反應？難道是過去半年我在他眼前閃來閃去的白卡紅點造成無法抹滅的陰影？讓他一看到我把「閃卡」穿在身上，不會說話的他只能用哭來表示他的痛苦？

我馬上衝回房間脫下身上的閃卡造型，刻意選擇絕對不與任何幾何圖形產生聯想的素色衣物。重新換裝，再次走到嬰兒小壯丁面前，他已經恢復平靜，雖然依舊噙著淚水，但是現在能夠笑了，也願意讓我親親抱抱。

那次經驗，讓我體驗到「揠苗助長」的恐怖。我只不過是拿著紅點白卡在嬰兒面前閃了幾個月，沒想到竟造成孩子看到紅圓點的衣服都會恐慌到哭泣。小壯丁的反應讓我警覺到這個實驗已經失控，原本是為了幫助腦損傷兒恢復健康的教材，沒想到反而讓正常的嬰兒有了創傷。

隔天，我把價值上萬元的閃卡全部丟進資源回收桶，希望能消弭我的罪惡感。

當時也有許多「左右腦開發」的論述「左右」了我的教育觀，直到閃卡事件爆發，我才意識到培養孩子成長的過程絕對不是製作鵝肝醬，更不可能光靠著拚命塞東西給孩子，孩子就會頭好壯壯。

小壯丁會走路後，家裡坐不住，我們開始出外探索。小壯丁是好奇寶寶，只要是附近腳程可抵達的「補教機構」課程，他全部都要參加（我後來才發現，並不是小壯丁有興趣，而是獨生子想找朋友玩的本能）。算一算，小壯丁上過的課有「益智邏輯」、「潛力開發」、「美感律動」、「兒童塗鴉」、「體能統整」等等，以及被鄰居揪團享優惠價的基礎鋼琴班。

小壯丁三歲半開始學鋼琴，團體班規定媽媽必須坐在旁邊安定孩子的情緒。每周上課一小時，老師同時指導八個學生，小朋友其實都在摸琴鍵而不是彈鋼琴。

但是，我非常享受與小壯丁並肩坐在鍵盤前的時光，聽著叮叮咚咚的樂聲從寶貝的指間流動，比起國家音樂廳裡的任何演奏都珍貴，因為這是我的孩子所流露的感情，就算不小心彈走音也是隱喻，象徵著我們母子倆共同度過的許多低潮，最終它仍然會完成一首歌的美麗。那些由小壯丁彈指間的輕柔旋律，經常讓我腦海浮現出一種畫面，當我兩鬢霜白，齒危髮稀；當日薄遲暮，黃昏過後，我真希望能在小壯丁的鋼琴聲中，永遠優雅地沉睡。

持續九年的鋼琴約會，直到孩子小學畢業，考過七級證書之後，他跟我說不想再學了。七級程度只要求彈完九十秒〈彩虹的風〉與〈塔朗泰拉舞曲〉。我很喜歡這兩首曲子，雖然總共只有三分鐘，但是對我而言已是永恆。

學齡前小壯丁最喜歡的是律動課。朋友推薦的知名美育課程就在住家附近，我們去參觀時剛好還有名額，就讓三歲小壯丁去玩。這個課程規定要穿韻律衣和白褲襪，像是要跳芭蕾舞。我第一次給小壯丁套上白褲襪時，他用狐疑的眼光看著我，就像過去我給他戴上長捲髮假髮那次，臉上表情就像是「我覺得案情不單純」的劇照。

我說：「我沒有在鬧你喔，等下到教室，你就會發現所有人都這樣穿。」

上次我給小壯丁戴上長假髮，模樣實在嬌媚極了，就在我轉身拿相機準備拍照留念時，小壯丁瞬間扯下假髮。我後來又給他戴上假髮想要拍照，他還是一秒內扯下。就這樣兩人交手數回，幾乎演出全武行。那是小壯丁最不信任我的一次，而且跟我來硬的。我擔心這次他也會撕扯白褲襪表達抗拒，因此我只能讓證據說話，到了教室，確實所有小朋友都穿上了白褲襪，男生是藍色褲裝，女生是粉紅色裙裝。

學齡前，小壯丁玩得最開心的是體能教室和兒童塗鴉。這種課程，媽媽只能在外面看，讓三歲小孩獨立學習紀律、服從、社交與創造。

小壯丁成長過程，經歷各式各樣的「學齡前教育」的花樣，例如閃卡或潛能開發。這一切到底有沒有增進智商？律動或跳舞是否強化了身體協調與統整能力？手作塗鴉的色彩運用，有讓他對藝廊或博物館產生興趣了嗎？

我到現在都沒有答案。

我只記得，在那些小壯丁還需要我牽著手帶他經過紅綠燈，在教室外面的玻璃窗站五十分鐘只為讓他隨時抬頭都能看到媽媽，在他上完律動課滿身大汗時立刻為他換上乾衣服避免感冒，為他揹起厚重的噴漆木板藝術品帶回家收藏，以及在舞蹈課結業公演時坐在觀眾席拚命鼓掌歡呼。那些點點滴滴，如今回想起來，當時的忙碌現在都感覺是幸福。

偶爾母子倆吃頓潛水艇三明治就是小小的慶功宴，小壯丁給潛艇堡取個暱稱叫做「蔬菜多多」，而他也會把所有的蔬菜吃乾淨。乖巧的舉動曾經讓一位老太太特別走近我們，不斷稱讚小壯丁：「你好棒！願意吃蔬菜。我的孫子都把生菜挑出來丟掉，你卻能夠吃這麼多生菜，實在太棒了。」

老太太離開後，小壯丁問我：「為什麼老婆婆的孫子不聽話，不吃菜？」

「嗯，我想，有些孩子會挑食。這樣會營養不均衡，不太好。」

小壯丁繼續把生菜吃完，他從來沒有抱怨過，即使我們的下午茶約會是如此簡單。這些光景，都是小壯丁進入十二年國民教育之前的點點滴滴，直到他二十歲。

求學之路，小壯丁從來就不是學霸，但是他看到長輩會打招呼，吃飯時先為外婆夾菜，任何時候都不會輕視弱勢者。我們的生活條件也許無法積極入世參與各種社福團體，但是我們負責任地照顧好自己與身邊的人，這種在能力所及的小地方尊重每個需要照顧的人，我認為就是美好的質地。

小壯丁十二歲，即將轉骨變大人時，我遭逢生命低潮，有陣子爆瘦得非常厲害。他彷彿明白我的心事，試圖安慰我：「妳可以找惠美阿姨聊天。」

「惠美太單純，不懂得我的難處。」

「那妳找 Rebecca 阿姨聊天。」
「她自己的家務事已經夠忙了。」
「那妳找我聊天好了。」小壯丁自告奮勇。
「好啊！我就說實話囉。我感覺我是一個很失敗的人，做什麼事情都失敗。」
「不會啊！」小壯丁立刻反應：「妳做媽媽做得很成功。」
「有嗎？」我說：「一個成功的媽媽會教出一個每天打電動玩具的孩子？」
「那妳還是不要找我聊天好了。」小壯丁做出結論。

作為男孩，小壯丁有陽剛也有細膩的一面，特別在他念國中以後，那股學做小大人的姿態，實在可愛極了。

他會在見到我愁容滿面時，對我說：「心情不好的時候，就做妳開心的事，妳可以出國旅遊。」

我跟他訴苦自己對寫作失去信心。他說：「寫妳想寫的就好。」

我好奇這個中二生怎會如此貼心，調侃著問：「這是你媽教你的嗎？」

「開玩笑。我是誰啊！」小壯丁驕傲地說。

小壯丁念國中三年級時，進入尷尬青春期，學校裡發生學生圍毆事件，再加上有學生組織「偷拍女老師內褲」LINE 社群，因為內鬨讓這個社群曝光，牽連的學生都受到懲處。

「你有加入嗎？」我擔心地問。

小壯丁搖搖頭：「他們有找我，但是我拒絕了。我不想加入，因為我覺得這樣做很不ＯＫ。」

聽到這個回答，讓我鬆了一口氣。但是我能從小壯丁的表情，感受到他拒絕「派系」，選擇獨善其身的惘然。畢竟這年紀的孩子都渴望受到同儕肯定，沒人願意被貼上「邊緣」的標籤。要能抗拒「群眾力量」，擇善固執，對國中生來說確實是項艱難挑戰。

小壯丁接著告訴我：「媽媽，記不記得小時候，妳都教我，不要生悶氣。常常自己在生悶氣的時候，那個犯錯的人早就不在乎了，去過他的好日子，出去玩，去交朋友。所以，把時間浪費在生悶氣，很沒有意義。」

這段勵志的結論，終於讓我卸除自閃卡嚇哭小壯丁以來的長期罪惡感。或者，我可以考慮把那件紅圓點的洋裝，從衣櫃再拿出來穿。

考零分也沒關係

小壯丁從小到大的社會科考試，只有公民課的分數比較高。有次他放學回家，很開心的向我炫耀：「媽媽，我今天公民考九十八分。」

當時我還跟他開玩笑：「喔！那是因為你不會隨地大小便。」

我對這門科目的認識仍停留在小學課本的「公民與道德」，我只記得教科書裡不斷教導我們不可以隨地吐痰，以及遵守交通規則。

小壯丁念國中時，應付公民考試得心應手，周考成績只有這個項目最突出，聊慰我的虛榮心。但是，有次吃完晚餐後，他坐在沙發上，若有所思，接著幽幽地跟我說：「媽媽，我今天公民考試錯了一題。」

我看他說話的語氣，無奈中似乎有著更多不理解。於是立刻詢問：「是什麼題目呢？」

小壯丁非常清楚地敘述這道考題。

題目問：小明的媽媽說功課做完可以看電視，小明很聽話把功課做完了才跟媽媽要遙控器。沒想到打開電視，剛轉到自己喜歡的頻道，妹妹就過來搶遙控器，轉到她想要看的頻道。這時候，你覺得

一：小明應該主動把電視讓給妹妹看。

二：小明應該交給媽媽做決定。

三：小明應該和妹妹輪流看。

四：小明應該堅持原來的協定，看自己想看的節目。

小壯丁說完之後，充滿疑惑地問我：「媽媽，我選答案四為什麼會錯？」我也認為答案四很正確，如果是我也會選這個答案。

「可是老師說前三個答案都對，只有第四個是錯的。」小壯丁顯得有點委屈。

「你是正確的！」我說：「答案四是誠信原則，雙方都應該說話算話，履行承諾。前面三個答案都是妥協的結果，符合尊卑與禮讓精神。我跟你一樣覺得不合理。不過，你有跟老師反應嗎？」

小壯丁點點頭：「我有問老師，但老師說小明不能太自私。」

「利己」與「利他」就像雞生蛋、蛋生雞的循環因果，從荀子、孟子那個時代就讓中西哲學家們討論到現在。探討這類問題可以講到深夜都講不完。但是，

小壯丁只有十二歲，我感覺他需要的是簡單明瞭的方向。

「你要相信自己的判斷，我認為你的選擇是對的。有沒有得到分數沒關係，分數只是數字，重要的是思辯精神。你在這個問題上展現獨立思考的能力，這在我的心裡，已經是一百分。」我最後這樣對著小壯丁做出結論。

小壯丁曾經告訴我，在課堂上老師說大人對待小孩應該是「引導」多於「鼓勵」。當時我還問他：「那你覺得你媽媽做到哪一項？」

「妳都是鼓勵。」小壯丁回應。

我覺得鼓勵與引導應該是種恩威並施的策略，正如同所謂的「標準答案」，到底要符合誰的標準？

小壯丁念小學時有門必修課叫做本土語言，限定五選一。基於他有四分之一的太魯閣族血統，在認祖歸宗的情感下似乎應該選擇原住民語。可是，台灣原住民現在經政府認定有十六族，然而本土語言並沒有十六種以上的選項。這樣的母語教學在我看來就只是貼標籤，有效期到了就會撕掉。

我對「母語」的認知是一種渾然天成，來自生活環境或長輩、親戚或朋友最熟悉的說話方式，經過相處之後耳濡目染，方便使用作為理解溝通的媒介。而不是死背拼音或符號的測驗卷。

「媽媽，我要選哪一種本土語言？」小壯丁問。

「你就跟著同學一起去聽去玩，也不需要準備，這門科目拿零分都沒關係。」我對六歲小壯丁說：「我是認真的。」

中國最古老的哲學著作《易經》裡有段話深植我心：「剛柔交錯，天文也。文明以止，人文也。觀乎天文，以察時變。觀乎人文，以化成天下。」

三千年前的古人的生活智慧早已察覺到，天地之間雖然千變萬化，卻都是亂中有序，逐漸演化出規律。一般認為「文化」二字起源於此。人文精神其實是種教化過程，但這裡面還有個「止」字，也就是剛好，不要太超過的意思。我們在求學過程中面對的教科書、學校體制甚至老師所代表的班級威權，都是教育的階段秩序，這種生產線很容易培養出優秀的考試機器，但是請別忘記「人文化成」的內涵。一個懂得思考與分辨的心靈，才是區分機器與人的最大關鍵。

所以我敢跟小壯丁說，有些科目考零分也沒關係！我覺得偶爾看看電視上的益智節目，收穫可能都比某些課本內容還要多。

也難怪我家小壯丁和我的對話經常出現特殊觀點。

某次晚餐過後，這個中二生吃飽飯又說沒功課，只顧著在客廳裡丟擲絨毛貓熊。我催促他快點洗澡，他依然故我，繼續把玩手上的貓熊玩偶。

我忍不住抱怨：「這就是生男孩子的母親命運，必須接受你的調皮。如果我生的是女兒，現在已經在縫衣服了。」

「想太多！現在的女生都不會縫衣服。」小壯丁秒回。

「你怎麼知道？難道你會縫衣服？」我問。

「我也不會縫。但是我知道如果是女生，現在早就躺在沙發上滑手機了。」小壯丁神態自若地回應我。

也許因為「考零分也沒關係」的念力太強大，小壯丁念小學的第一張獎狀是班級人人有獎的「好兒童」。念國中的第一張獎狀則是「廚藝大師第一名」。

雖然說行行出狀元，但是小壯丁在家裡可是徹底貫徹君子遠庖廚。而且他只嘗試過一次快炒布丁就收山了。

看到小壯丁的名字列在廚藝大師第一名首位，我忍不住問：「你們團隊誰是主廚？」

「我。全部由我指揮。」小壯丁回答。

「你做什麼菜？」

「他們買什麼我就配什麼。」

原來我兒子是天才小廚師，以後可得好好栽培。我繼續興奮地說：「好吃嗎？」

「難吃。」小壯丁爽快回答。

「難吃也會得第一？」

小壯丁輕描淡寫：「其他人想必做得更難吃。」

最適合最好

小壯丁出生後，我決定放棄事業，全心全意陪伴他成長。我做出這個決定，坦白說基於兩個原因：一個是私心，一個是數據。

我成長於單親家庭，曾經深刻體會情感匱乏的痛苦，我不希望孩子重複我的孤獨童年，更不忍心看到孩子在學齡前缺乏媽媽的擁抱與關注。再加上當時閱讀的心理學與親子教養書，不約而同提出實驗證明，幼兒零到三歲是培養自信心與安全感的重要關鍵，母親責無旁貸。

至今我仍時常懷念小壯丁十歲以前和我「兩小無猜」的時光。我們一起在圖書館找書或欣賞影音資料，也相偕去國家音樂廳欣賞藝術表演。那時候的他已經能夠看完整套《波西傑克森》，甚至可以安靜地陪我聽完九十分鐘演講，以及七歲時隨我到東華大學上課，在會議室裡一邊安靜畫圖，一邊與我共同聆聽生態寫作。

只是這一切，在他十歲到十二歲這兩年被迫與我分開之後發生質變。十歲的小壯丁得到一支智慧手機，但是缺乏管教和自律，導致終日沉迷於電玩遊戲中。他再也不翻書閱讀，更不願意安靜欣賞音樂或接受任何資訊。我認為這是很嚴重的警訊，但是另一個監護人非常強勢，導致我無法與小壯丁共同生活。萬般無奈下，我認為小壯丁念初中時應該住校，或許能夠遠離不當管教，重新導正三觀。

小壯丁人生中的第一場入學考試在陽明山。當天清晨走進校門，小壯丁已觀察到考生們的來勢洶洶，意志消沉一半。我鼓勵他勇敢面對，不要放棄！「人只有先放棄了自己，才會覺得被放棄。」我跟小壯丁這麼說。這句話有點難度，他似懂非懂，但是我想不出更好的詞彙安慰他。

幾周後收到成績單，小壯丁的總成績，距離最低錄取分數遠遠差距四十分，連候補名單都沒排上。

孩子沒有和我住在一起，許多生活常規的教養鞭長莫及，我考慮再三，認為還是必須給小壯丁找一個能夠適當管教，並且可以住校的中學為佳。

於是我上網找資料，打電話向各學校一一詢問，終於問到文山區一所提供住宿的私立中學。只是校方公開考試的時間已經結束，我抱著最後一絲希望，詢問教務處還有沒有機會進入就讀？同時誠實以告：「你們的考試日期和另一所學校撞期，我選擇去考那所學校是因為入學考就入學考，貴校卻公告是『資優評鑑』，好像沒考上的孩子都是笨蛋，我認為這有點歧視。」

「那是教育局規定的，我們絕對沒有這個意思。」接電話的老師很誠懇地回答我。

「喔，那我誤會了，對不起。」我說：「另一方面，我上網搜尋才發現貴校有提供初中生住宿，因此冒昧打電來詢問還有沒有抽籤入學，或是其他入學機制，讓孩子有機會就讀？」

我原本以為我這麼直白陳述，會得到官腔回應，沒想到教務處謝老師非常熱心，他告訴我可以自行在官網下載書面資料，填寫完成後寄來申請入學。

「請你不要安慰我。」身為專職媽媽，過去早就耳聞許多私校「作風」。我不想浪費時間，決定有話直說：「謝謝你的好意，但是，考試都考不進去了，申請入學還有機會嗎？」

「這位媽媽，請妳聽我說……」謝先生耐心解釋：「入學考試沒有錄取，不一定是學生程度不好，而是許多學校的名額，都被同樣的考生占據。這些成績優異的小學生，幾乎考遍台北市每一所私立中學，也全部上榜。」

這倒是我從沒聽過的初中入學考試潛規則。我更好奇怎麼會有這麼多小學畢業生從十二歲開始就征戰「台北市」每一所私立中學入學考場。

更何況，放榜名單一公布，學校會立刻要求學生繳交保證金，至少萬元起跳，如果每個學校都繳保證金保留名額，金額也非常驚人。我也把我的疑慮誠實告知謝老師：「但是，放榜之後，規定一個星期內要繳保證金，這不是一筆小錢。」

電話那端的謝老師，仍然溫和解惑：「這些家長為了保留名額，都不會在乎錢。他們願意在每所錄取學校都繳交保證金。」

這個答案讓我大吃一驚！這種「保證金」可都是有去無回的卡位錢。

接著，謝老師話鋒一轉：「但是，六月二十號國小畢業典禮這一天，這些上榜考生和所有畢業生一樣，都只有一張畢業證書。一張畢業證書，只能選擇一所學校報到。按照經驗，每年國小畢業典禮結束後，立刻會空出很多錄取名額。我們這裡只要有申請資料，候補上了就會立刻通知。」

這段話彷彿一劑強心針。經過謝老師詳細解說，讓我對孩子的升學（住校）之路再度充滿信心。果真是任何時候只要不放棄機會，機會就有可能出現。

我對孩子的教育並沒有效法「孟母三遷」，況且，當時我身陷嚴重憂鬱症，只能依照本能以及對孩子的愛，為他選擇最適合的教育環境。

關鍵字是「最適合」。這三個字的意義並不是將我的主觀意志強行置入孩子的生涯規劃，而是考量各種環境，包括孩子的個性、弱點、他身處的另一位監護人管教方式，以及他能夠接受磨練的程度。試圖從中尋找最適合的方向。

果然小壯丁的「弱點」也驗證在中學入學申請書上。自傳表格上明明要他寫六百字，結果小壯丁只寫三百字交差。全文由他親自手寫，我一字未改。因為我清楚記得他非常誠實地剖析自己，小壯丁說他不知道為什麼要提出申請，但是他認識一些哥哥姊姊都在這所學校就讀，而且表現優異。因此他覺得這會是一次有趣的嘗試。

我認為十二歲的孩子能夠有這樣的理解，也足夠了。

從提出申請到通知錄取，時間超過一個月。這段期間，小壯丁的畢業班同學早已確定將來就讀的國中，紛紛做好心理準備。只有小壯丁不斷問我：「媽媽，阿嘉要去念大直國中、明彥要去念濱江國中、陳昭要念至善國中。我呢？我國中到底要念哪裡？」

為了安撫他的焦慮，我跟小壯丁說，我們屬於大學區，有三個學校可以選擇。我逐一分析各校優缺點，包括教學特色、交通距離遠近、要不要穿制服、新穎的跑班制度、甚至連營養午餐好不好吃都和小壯丁做了討論。最後，讓他自己選擇其中一所，先幫助他對未來安心。果然不出所料，他選擇班上最多同學就讀的那所國中，因為他想和好朋友們繼續相聚。

就在六月二十號星期五，全台北市國民小學畢業典禮結束後，我接到文山區的私校教務處來電，通知小壯丁候補成功，要我們當天放學前完成報到手續。

「呃……可是孩子已經做好要去念濱江國中的心理準備了。」我再度誠實以告：「因為孩子沒跟我住在一起，我要等到晚上才能跟他見面。今天是周五，明後天你們沒上班，能不能給我兩天的時間，讓我們討論一下，也讓孩子思考他自己的未來，再決定要不要來報到好嗎？無論孩子做了什麼決定，星期一中午以前我一定都會跟學校聯絡。」

教務處謝先生願意寬容我兩天的時間，這是我對這所學校印象最深的地方。校方很尊重一個還沒有辦理報到手續的家長與孩子之間的信任關係。此舉讓我非常感動，不但讓我對小壯丁將來要念的中學有了良好的第一印象，也讓我對自己的判斷更具信心。

當天晚上，面對面告訴小壯丁這個好消息，他顯得有點猶豫，因為他仍然想和小學同學在同一個地方念書。

「Baby，十二歲青春期是一個關鍵，媽媽沒有和你住在一起，沒辦法天天照顧你。國中四點放學之後，你只能去補習班或安親班，要不然就是回家看電視，如果不夠自律，你的青春期就有可能歪掉。」

我必須讓他認清楚現實，歪掉很容易，矯正很困難，過去我用了兩年的時間希望小壯丁遠離手機，始終無法如願。我感覺到未來要承受的風險，似乎愈來愈劇烈。於是我進一步解釋：「私立學校上課到五點，加上老師管教嚴格，等於節省去補習的時間和學費，而且，五點下課，你還可以先到媽媽家吃晚飯再回另一個家。」

最後我語重心長地告訴他：「Baby，要不要給自己一次接受挑戰的機會？你不要擔心，教育部規定十二年國民教育，也就是說，如果你去念私立學校不習慣或者不快樂，任何時間你都可以轉學回到國民中學就讀。如果真的發生這種情況，那時候你再去濱江找小學同學都可以。」

作為母親，我經常警惕自己不說「絕對」要如何的命令句，而是提出「相對」如何的祈使句。我甚至會在提出每種情境設想之後，由小壯丁做出最後選擇。而我，權衡各種可能發生的利弊得失，也傾向尊重小壯丁的決定。也因此我們經常在生涯規劃中保留彈性，也就是計畫一、計畫二，甚至計畫三。讓自己不至於在遇事時措手不及，尤其是孩子年紀還小，而我當時也有著憂鬱困擾。

十二歲小壯丁面對人生轉折的關鍵點，他的表情顯得淡定。他想了想，再度確認一次：「媽媽，妳說如果我在私校念不習慣，任何時候都可以轉回公立學校，和小學同學讀一樣的國中？」

「當然！」我堅定地回答。

「好！那我決定去接受挑戰。」小壯丁回答我。

那一刻，平日伶牙俐齒的我竟然震懾地說不出話來！因為這是年紀只有十二歲的小壯丁，一字一句親口對我說出：「那我決定接受挑戰。」

隔天一早，我帶著小壯丁的畢業證書啟程。當我走進文山區這所歷史悠久的學校，漫步在椰林大道與操場時，心中滿溢歡喜期待。我相信小壯丁會在這裡完成優良的全人教育，不僅是因為這所學校有著開明又嚴謹的教育理念（願意聆聽孩子與家長的決定，同時又規定穿制服與髮禁）；另一方面，小壯丁確實憑著自己的「實力」，以自行填寫的申請表格獲得入學資格。我們沒有熬夜補習，沒有找人關說，在此之前甚至從來沒有踏進這所學校一步。我只是很單純地想為小壯丁找到一所最適合他的學校就讀，而小壯丁也為自己爭取到了機會。

過了幾天，陽明山那所私校突然來電，通知小壯丁被錄取，也告知我們必須立刻辦理報到手續。

「蛤？」我訝異地詢問：「我們根本沒在候補名單中呢！這樣也能錄取喔！」

電話那一頭的聲音說：「是的。我們按照缺額不斷遞補，現在候補上了。請在今天放學前來繳交畢業證書、保證金，才能保留入學資格。」

「不好意思！」我只能對著這所擦肩而過的學校抱憾：「我們決定去念另一所中學，而且畢業證書也繳給那所學校了。」

當天和小壯丁有晚餐約會，當孩子一邊吃著我為他親手料理的鮭魚義大利麵，沾染滿嘴的奶油白醬，一邊聽到我與他分享的最新消息。他怡然自得地抬起頭，微笑跟我說：「媽媽，我考上了！」

什麼？我有沒有聽錯？

小壯丁又笑了笑，一派輕鬆自在，高興地說：「無論如何，我最後還是考上了。」

我看著小壯丁天真無邪的表情，如果說我教養孩子有什麼可以安慰的，應該就是他這種，非常獨特的「正面思考」能力吧！

我愛你知恥近乎勇

小壯丁念國中二年級時，有一次成績單上出現：地理，二十一分。

他選擇在早晨出門上學時匆匆拿出來給我簽名。我覺得他是故意的，他以為我沒看到那個驚悚的阿拉伯數字。

當天我去高雄評審文學獎，在前往雄中的路上與某名師同車，名師很客氣地問候我和小壯丁：「我看到妳臉書，兒子都這麼大了，一切都好嗎？」

「不好。」我說：「我今天早上看到他地理考二十一分。」

「不要太在意……」名師果然很有孔子風範，徹底執行有教無類的師恩：「『物理』真的很難，有時候真的很難理解，再繼續努力……」

名師可能發現到我盯著他看的眼光很詭異，突然話鋒一轉，說：「等等！」

名師似乎有所頓悟：「妳說的是『物理』還是『地理』？如果是『物理』考二十一分很正常，但是『地理』考二十一分？這個是有背就有分的科目，這代表他……」

根本沒念書。我明白。

晚上回到家跟小壯丁聊起這件事，我說：「我以為是我對你要求太高，但是人家政大名師也都這麼說，『地理』有背就有分，可見你根本沒在念書。」

「至少我沒作弊。」小壯丁一邊滿足地吃著他最愛的牛排和青花菜，一邊輕描淡寫地回答。

小壯丁說的沒錯。他從小到大，我對他的要求就是：功課不好沒關係，但品格一定要端正。

小壯丁不喜歡念書，但是很喜歡上學，每天我都看著他快快樂樂出門，平平安安回家。

直到他念國一下學期的某天傍晚，我燒好東坡肉和一桌菜正等著小壯丁回家吃飯，突然間，接到生物老師的電話：「小安媽媽，雖然孩子等下到家應該會跟妳說，但是我想還是有必要先通知妳一聲。小安考試作弊，按照校規，我們必須記小過處理。」

我瞬間感覺到晴天霹靂！因為我對小壯丁的身教言教，一直以來都在強調「做人要誠實」。

生物老師繼續說：「小安過去的生物成績都不理想，但是這次小考突然考了九十幾分。今天我把一模一樣的題目抄在黑板上，叫他直接在黑板上作答，結果他全部不會寫。他也承認自己偷看別人的考卷了。」

「作弊一定要按照校規處理。」我說：「我也不會寬容。他回到家，我會好好跟他談一談。」

剛剛掛斷老師的電話沒有超過五分鐘，小壯丁就進門了。

這個年紀的小壯丁，身高只有一百六十幾公分，還是個大孩子。他一走進門，估計也感覺到室內不尋常的氣氛，第一句話就說：「妳都知道了？」

「嗯！」我說：「來，坐下。」小壯丁放下書包，靜靜地坐在餐桌旁。

「生物老師剛剛打電話跟我說了，但是那是她的說法。我想聽聽你的說法。」我非常平靜，語氣和緩，臉上沒有任何表情。

「我想知道為什麼。」我說。

小壯丁知道自己犯錯了，他什麼話也不敢說。我們母子就坐在餐桌的垂直角落，互相對望著，氣氛有點僵滯。小壯丁大部分時間都低著頭，而我的內心則是千迴百轉。

就這樣母子倆像是演默劇似的，靜靜對望許久。最後還是我打破沉默：「這件事媽媽也有錯。是我沒把你教好，是媽媽對不起老師，更對不起你的外公，我的爸爸……」

我的話還沒說完，眼淚就不爭氣的流下來了。我想起我那逝世多年的父親，他這一輩子都在用生命實踐誠實與正直的品格，而我，不但沒有承續這些美德，現在連一個孩子都教不好。

於是我一邊哭泣，一邊痛心地說：「媽媽有要求過你考一百分嗎？媽媽有規定你考第一名嗎？媽媽有鼓勵你不擇手段地去得到你想要的東西嗎？你從小到大，媽媽是不是都只希望你做人要正直，要誠實？媽媽是不是也這樣期許自己？我能做到的事情我才會答應你，做不到的事我絕對不會隨便承諾。這就是誠實。我有騙過你嗎？」

「沒有。」小壯丁看到我淚流滿面，他也忍不住哭了，臉上滿布鼻涕淚水：「媽媽，是我的錯，是我不好，妳不要傷心，我以後不敢了……」

「你這次靠作弊考高分，下次呢？一個人可以靠作弊成功一輩子嗎？作弊得到的成功只是僥倖，如果沒有實力，遲早會被別人看破。你在學校可以作弊，將來的高中會考、大學指考都採取梅花座，你還能偷看誰的考卷？而且，那種國家考試，前後有兩個老師監考，被抓到作弊，一律零分，還會被記錄在大考中心，這輩子永遠有個汙點跟隨你，這樣你還要抱著僥倖的心態去作弊嗎？」

小壯丁繼續哭得稀哩呼嚕，他完全沒有答腔。我一邊哭泣一邊說話，想到自己教育失敗，我除了眼淚，似乎也沒有別的解套方式。

「做錯事，沒關係，這就是做學生的權利，媽媽還是愛你，因為學校就是讓你學習犯錯的地方，但是你要知道，知恥近乎勇，犯錯就要勇敢接受處罰，而且不能再犯，尤其是作弊這種事，你不可能靠欺騙得到永遠的成功。這次犯錯，媽媽絕對贊成學校按照校規嚴懲。我希望你知道，你無論做什麼事，媽媽永遠都愛你，即便你繼續犯錯，甚至犯了更嚴重的錯誤去坐牢，我的愛也不會改變。但是，我會忍痛親手將你送到監獄裡，讓你自己學會對自己的人生負責。因為犯錯就是犯錯，我絕不包庇護短。」

說到最後，彷彿最嚴重的情節都被設想到了，而感覺到一股更加莫名的悲愴。我愈哭愈淒涼，而小壯丁的臉也哭腫了，鼻涕塞滿他的上呼吸道，他用濃濁的鼻音說：「媽媽，我錯了，我以後絕對不會再做這種事……」

作為一個自律甚嚴的人，我對作弊這種手段感到羞恥；但是作為一個母親，我必須控制情緒，為任何風險設置停損點，還要適時機會教育。

這件事是危機也是轉機，沒有人是完美的，包括我最愛的小壯丁。做錯事情，能夠勇於認錯，承擔，負責，而且記取教訓，不再縱容惡習，對我而言，這才是一個真正的好孩子；而且這跟分數、成績、名次一點關係都沒有。

於是我起身走到小壯丁身邊，蹲下去緊緊抱著他，這是自從他不再躲進我的衣服裡玩「媽媽把我生出來」的遊戲之後，我們最親密的擁抱。我擁抱著他，輕拍他的肩膀：「Baby，媽媽愛你，你做對做錯永遠都是媽媽最心愛的寶貝，但是如果你再度欺騙，我會含著眼淚讓你接受最嚴厲的處罰。成功沒有捷徑，更沒有僥倖。我希望你能明白這個道理，這就是我愛你的方式。」

不完美也是好情人

小壯丁不是那麼完美，但是他在我心裡永遠是最好的。更別提我也經常做錯選擇，讓他大半的青春期都用來陪葬在我的憂鬱症陰影。

那時他念初一，正式邁入「中二生」階段，而我卻因為一段很糟糕的感情自暴自棄，每天六神無主恍恍惚惚。小壯丁一邊竊喜媽媽沒時間理他，一邊在下課後埋首電玩世界。直到發生兩件關鍵大事，讓我意識到我必須做些改變，否則我們兩個人都要毀滅。

其一是我縱然心神不寧，還是聽到他一邊玩電動一邊罵髒話，而且愈罵愈骯髒。我先是好言相勸：「Baby，你知不知道你罵出口的髒話是一種生殖行為，而且汙辱女性。你想像如果別人也用這種話罵你媽媽，你覺得你可以接受嗎？」

他稍微節制幾天，再度陷入電玩情境，尤其是劇情愈來愈刺激時，他又開始跟著網友亂七八糟講話。

這次我很嚴肅地跟他說，如果繼續這樣下去，我會禁止他使用電腦。十三歲的他答應我會改善，於是，我又給了他一個月的時間。

一個月轉眼過去，就在最後一次聽到他又激動地說出「X！X你媽」的當晚，我沒有任何表示，只冷冷地跟他說一聲：「Baby，你踩到我底線了。」

隔天早上，我依然比他早起床，送他出門上學並且擁抱親吻。就在他準備跨出家門口時，我說：「你今天放學回來不准再碰電腦，我會設定密碼，除了必要的上網找資料，其他時間都不准開機。」

那是小壯丁情緒反應最激烈的一次，他俊俏的小臉突然青筋畢露，表情猙獰，眼淚即將奪眶而出，他說：「妳不可以這樣子。」

「我給了你將近一年的時間改進，你每次都答應我，然後又繼續明知故犯。我不喜歡聽謊話，我也不是一個說到做不到的人。我給了你許多次機會，是你無法控制自己，讓我不得不做出這樣的決定。」

得知自己即將與電玩永別，十三歲的小壯丁頓時嚎啕大哭，拒絕我的臨別擁抱親吻，並且「砰」地一聲用力甩門。

我立刻打開厚重的客廳銅門，狠狠地對他落下一句：「你有膽子這樣關門，就要有膽子承擔。今天晚上你可以選擇不回家，去找你覺得可以依附的人。如果要跟我在一起，就要有規矩，學習自律。」

然後他頭也不回地搭電梯離開。

那是我這輩子最難熬的一天。

我的狠話已經說出去，萬一這個孩子真的跟我賭氣不回家呢？我們家人丁單薄，沒什麼親戚，他還能找誰依靠呢？這小子個性散漫，他連家裡的住址都記不住，電話通訊錄裡也沒幾個人的號碼，如果真的選擇意氣用事，他會去哪裡？雖然已經是初中一年級的下學期入夏時節，就算在公園流浪氣溫也不會太低，但是，他身無分文，晚餐要吃什麼呢？肚子餓了怎麼辦？流浪在街頭的時候會不會遇到壞人？然後發生最糟糕的狀況，從此一去不回……

我整天坐立難安。

直至傍晚，我依舊準備三菜一湯的晚餐，等他回來共享。我盯著時鐘，從五點開始緊張。按照慣例，他大約五點四十分會回到家，當他進門時，雖然有鑰匙，還是會按一下電鈴，彷彿宣告他準備進入家門的動作，然後掏出鑰匙自己開門，第一件事情就是看看我在哪裡，接著我會跟他說聲：「Baby 回來啦！今天學校好不好玩。」

這是我們之間的默契。

那天我從傍晚五點就開始倒數計時，徬徨而孤獨地等待，時鐘指到五點半的時候最焦慮，因為不知道接下來命運會怎麼安排我和最心愛獨生子的未來。

五點四十分，我聽到室外電梯門打開的聲音，然後電鈴響了，小壯丁開了門走進來，他沒有什麼特殊的表情，和往常一樣，放下書包，洗洗手，準備吃飯。

我們坐在餐桌前，默默用餐，直到他開口說話……

少年安安的煩惱

小壯丁國一的班導師，是政大中文系剛畢業的大男孩，初次擔任班導，熱情洋溢，對學生非常有耐心，兩年後學生和他混太熟，給他取綽號叫做「老潘」。同是單親家庭成長背景，老潘特別疼惜小壯丁，尤其國一入學時，輔導室做了性向測驗，老潘發現小壯丁智商排名全班第一，全年級前百分之五。但是，現實生活小壯丁的成績一直不理想，排名總是從後面數起比較快，這讓年輕的班導很困惑。

也許因為缺乏男性偶像的陪伴，小壯丁特別喜歡這個班導師，和我聊天時也經常提到潘老師的事蹟，潘老師自述的頹廢青春期，潘老師的童年，還有潘老師怎麼教大家認識「古文八大家的隔壁老王」。

大多數時間我都能打起精神回應十二歲孩子的童言童語，沒想到我愈來愈凹陷的臉頰，露出肋骨的薄弱身形，以及我做好晚餐卻食不下嚥的舉措，漸漸侵蝕著小壯丁的天真，也難怪他會以打電動作為排遣憂傷的寄託，因為他每天回到家都被迫面對一個孤魂，這個孤魂偏偏還是讓他最眷愛依戀的母親。

就在我沒收ＰＣ，禁止他打電動之後，小壯丁和我冷戰數日。直到某次晚餐，他一反常態，鼓勵我多吃點東西，還把自己碗中最愛的焢肉，夾出一塊給我，要我吃下去。

我試著打開話題，用自以為幽默的口吻問小壯丁：「今天有什麼學校記事啊？你們有沒有調皮搗蛋讓潘老師傷腦筋呀！潘老師有沒有問你，為什麼你的智力測驗是前面百分之一，但是考試成績都是後面的百分之一。」

小壯丁沉默了一會兒，說：「我今天去找潘老師了……」

「喔，你去找他進行一場 Man's talk 嗎？」

沒想到，接下來的畫面完全出乎我的意料之外。

小壯丁才開口說出：「我跟他說……」這幾個字之後，他就開始掉眼淚。小壯丁一直哭一直哭，哭到眼睛紅腫鼻涕跟著流出來，泣不成聲。他咬著牙陳述：「我去跟潘老師說，我每天在學校上課沒辦法專心，因為我很害怕，我很害怕我回到家，妳已經從十二樓跳下去。我每天上課都在想這件事，所以我根本沒辦法專心……」

他說到這裡，忍不住更加劇烈痛哭起來。小壯丁從小到大都不愛哭，即便發燒到四十一度得到敗血症那次，渾身痛苦他也不哭。上次這樣哭，是小學二年級，那次因為太多壓抑的情緒，加上我失智的處理方式，才讓他忍不住用眼淚代替抗議。

然而這一次，他已經十二歲了，是個身高跟我平行的大男孩。我看著我的寶貝兒子在我面前，完全無法壓抑崩潰的情緒，他的雙肩不斷顫抖，他的眼淚和鼻涕同時從五官竄出，他甚至無力伸出手去抽取一張衛生紙。

「我很害怕，妳會趁我不在家的時候，打開窗子跳下去……」

我的寶貝！我最心愛的兒子，從肉身胎盤就和我緊密連結命運的另一半。我怎麼這麼自私、這麼殘忍，讓他提早承擔我的懦弱與絕望。他是如此天真，天真到願意把所有的感情放在我身上，我一直以為青少年的世界只有電動玩具，沒想到他還會擔心媽媽，而且擔心到不知所措，無能為力。他只有十二歲，而自私的我卻把二十歲才該承擔的包袱任性丟在他身上。我的心好痛，我怎麼可以這樣子對待最最心愛的家人，唯一的家人。

我離開座椅，走過去緊緊擁抱他，小壯丁已經俯首在餐桌上痛哭到無法克制，我蹲在他身邊，張開我的手臂，環抱著他同我差不多大的身軀，撫摸著他的小平頭，貼著他的臉頰。他是從我身體分出來的骨肉，他是我展翅的靈魂，他是我的心。當下我終於意識到我不僅是個母親也必須是個人，懂得互相尊重的人。我任性地因為感情挫敗而自暴自棄成為孤魂，是對家人也是對小壯丁的傷害，他只有十二歲，他用規矩自律的生活陪伴我安慰我，而我卻放縱自己意志消沉還自以為這是「生而為人」的權利。

我抱著他哭了，臉上同樣布滿淚痕。雖然我的眼淚早就為前男友流盡，但是這一次，這一次完全不同，這是我最後的珍珠，要獻給親愛的小壯丁。

「媽媽絕對不會做這樣的事情。」我一字一句斬釘截鐵，清楚而堅強地回答小壯丁：「安安，你要相信我，我這一輩子都不會做出這樣的事情來傷害你。」

最後只記得公主抱

小壯丁跟我說過兩次「我不要死」。

第一次是四歲，正在就讀幼稚園。那時候小壯丁平均十天扁桃腺發炎一次，只要延誤治療，立刻誘發氣喘、異位性皮膚炎、結膜炎，更別提各種病毒型傷風感冒，從發燒到上吐下瀉，讓為娘的練就一身「三折股肱成良醫」的居家本領。原本按照三餐拿耳溫槍量小壯丁體溫作為預防保健，後來嫌拿耳溫槍太麻煩，長期的經驗累積，我竟然可以用手掌測額溫，如果覺得猶豫無法判定是否發燒，只要繼續摸後頸的風府、天柱穴至脊椎上緣的皮膚溫度，經常可以準確掌握與機器測量差距〇點五攝氏度之內的體溫。

為了治標治本，我決定接受小兒科醫師建議，只要非感冒時期，就配合醫囑每天早晚服用減敏藥（又稱保養藥，以 Montelukast 欣流為主）。當時，一年的掛號單收據可以多達兩百張，幾乎每兩天就到醫院或診所報到。

我照顧小壯丁可謂步步膽顫心驚，尤其是他剛剛出生四個星期，還是個Newborn的新生兒時期，就遭遇到因為敗血症被醫生發出病危通知。

那時候小小壯丁還在喝母奶，我每天早晚進入加護病房看他，都是一邊噙著眼淚一邊餵奶。我告訴自己要堅強，不許哭！也許透過這個內心戲的交流，小壯丁在成長過程中處處表現淡定，絕不輕易掉眼淚，也不會訴苦。

小兒科醫生對於嬰幼兒發燒到底要不要使用藥物治療有兩派觀點。支持服用退燒藥的醫師認為，盡早退燒，讓孩子舒緩病情，才能夠好好休息對抗病毒。另一派則視發燒為人體防衛機制，體溫上升可強化免疫細胞，增加殺死細菌和病毒的能力，應該讓孩子接受發燒的本能與調節。

我相信專業，也服膺凡事自然最好的哲學！然而經過我家實驗室證明，小壯丁這個氣喘兒，如果不適時治療感冒症狀，經常惡化成為重症。

那次只是輕微發燒，前一天已經發現狀況，立即就醫開始服藥。不料隔天下午，小壯丁在沙發上玩著玩具，突然間，他小小的身軀開始發抖，臉色發白，他從齒縫間勉強擠出幾個字：「媽……媽……」我發現情況不對，立刻過去抱著他，發現他全身抽搐，眼神呆滯，嘴唇發紫而且牙齒上下打顫到無法闔起雙唇，他的呼吸愈來愈急促，小壯丁勉強自己再度擠出的第二句話是：「媽……媽……我不要死！」

耳溫槍一量體溫飆高到三十九．八，二話不說抱著孩子拜託另一位監護人開車送醫急救。抵達急診室，醫生診斷是高燒引起熱痙攣，當下施予退燒塞劑並注射點滴，緩解症狀。還好這症狀通常在退燒之後解除，不到一個小時，小壯丁終於又恢復他雲淡風輕又天真無邪的面容。

時光荏苒來到小壯丁十一歲，在一個風和日麗的周末，我們偕同其他同學家長一塊兒去東北角踏青，雖然天公不作美，午後開始飄雨，但是小壯丁和一群小朋友們仍然玩得盡興，在微風細雨中放肆展現歡顏。也因為路程遠，當天直到晚上十點才回到家。

哄他上床時已經將近深夜十一點，母子倆聊著天準備就寢，不久我就聽見小壯丁平穩規律，進入睡眠狀態的呼吸聲響起，心想這孩子終於睡著，正準備跳下床換自己去浴室盥洗的時候，小壯丁突然翻身捉著我，上氣不接下氣，臉色蒼白地對我說：「媽媽，我不能呼吸了。」

然後他倏地坐起，雙手掐著喉嚨，彷彿用盡力氣想要擠出氣管的空隙好讓自己能夠正常呼吸。他驚恐地張開眼睛，又擠出了幾個字：「媽媽，救我。」

我嚇壞了！但是我強迫自己冷靜，評估可能是氣喘嚴重發作。

然而他已經兩年多沒發生氣喘，也因此我根本沒在家裡備藥。我看著小壯丁因為呼吸窘迫而表情猙獰，但是他似乎還能夠氣若游絲地勉強吸進些許氧氣，於是跟他說：「Baby，你放輕鬆，放輕鬆才能讓氣管鬆開，繼續呼吸。媽媽現在馬上打電話叫救護車。」

「媽媽……我不要死。」這是小壯丁這輩子第二次跟我說同樣一句話。

我們住在山上，又沒有私家車，我剛搬來這裡完全不認識鄰居，情急之下我只能打一一九報警請救護車來急救。

在等待救護車抵達的過程，每一分每一秒都像刀子般的割裂我的心，這段時間也是我從未經歷過的慌亂焦慮。我好害怕小壯丁會在我的懷裡永遠離開我，我沒受過任何護理訓練，我連口對口人工呼吸都不會。我只能看著最親愛的兒子臉色發白，緊掐喉嚨，觀察他的胸膛是否仍然有起伏。我緊緊擁抱他，輕輕撫摸他的背，柔聲說：「Baby，你不會死，媽媽在，你不會死。救護車很快就來了，Baby 放輕鬆，放輕鬆就可以呼吸了。」

小壯丁聽著我的話，眼神茫然地點頭。

終於，我們聽到救護車喔咿喔咿的聲響，小壯丁仍然維持著呼吸，我稍微鬆一口氣，我們得救了。

救護車在深夜開到巷子裡，驚動所有住戶，一樓的朱太太循著公寓樓梯往上走，看到我攙扶著全身發軟的小壯丁準備步行下樓，她看我們母子步履蹣跚，趕緊叫她老公幫忙把小壯丁抱下樓。朱先生體格壯碩，一個箭步上前來就把小壯丁抱進胸懷，往救護車送。

小壯丁的命救回來了，我也被醫生罵了一頓：「就算兩年沒發作，但是他有氣喘病史，這情況隨時都有可能再發生，家裡一定要準備急救藥。」

有時候我真的不知道我到底是怎麼把小壯丁養大的！我是一個連Google map都看不懂的大路癡，做菜又難吃，還會不小心放很燙的熱水讓小壯丁泡澡，導致他說出「媽媽，我的屁股發燒了」這種名言。

即使如此，小壯丁還是開開心心地長大，而且，還經常跟我開玩笑：「媽媽，你知道叔叔怎麼把我抱下樓的嗎？」

「就抱著下樓啊！」我說。

「叔叔是用公主抱。我是男生，被叔叔公主抱下樓。」小壯丁解釋。

都在那個生死攸關的節骨眼，小壯丁竟然仍注意到公主抱！還好小壯丁現在已經順利長大到了十九歲，以後的日子，再遇到公主抱的關鍵，可能會是另一個幸運女孩的甜蜜回憶。

轉眼玩具變型男

翻開筆記本，發現二〇一五年的一月十六日記錄著：

早餐時跟安安分享昨天新認識的朋友，我們一同看著照片，我指著照片裡的人影，一一向他介紹：「這是乾媽、這是阿姨、這是名編劇、這是名財經專家。」

「為什麼都要加一個『名』？」小壯丁好奇的問。

「喔，因為我很謙虛。而且，這裡面我最窮吧！」

「妳不要這麼說！」小壯丁立刻駁斥我：「這世界上還有比妳更窮的。」

剛滿十四歲的男孩，還是個天真無邪，勇敢向媽媽示愛的小壯丁。他這番話很明顯是安慰我，希望我不要難過。可是，望著窗外仍然是一月寒冬的蕭瑟蒼涼，再加上小壯丁的媽媽自以為飽讀詩書，經常陷入某種古典情境，比方說「寂寞梧桐深院鎖清秋」或是「花自飄零水自流」的格律裡，說來說去都是眉頭皺縮的哀愁，實在不是個好媽媽的榜樣。

而且，每次只要想起自己因為性格的懦弱與錯誤選擇，導致小壯丁跟著我一起吃苦，情緒就很容易被惆悵的雷管引爆，哀怨與自責不斷撲滅正能量。雖然萬般無奈，我仍然打起精神，順著小壯丁的語意衍伸答案，完全同意他的解釋，回答他：「你說的也是。」

面對小壯丁，我唯一不會忘記的本能就是任何時候或發生任何事情，我的回應永遠是先肯定小壯丁。

雖然，接下來的劇情又回到孤女情境，任憑憂鬱做導演，幽幽自憐起來：「不過，想想我的學經歷、我的容貌、我的努力還有認真工作，為什麼還會這麼窮呢？如果我聰明一點，現在很有錢，我就可以讓司機每天接送你上下學，穿高級的衣服，每年寒暑假還可以出國旅遊。」

小壯丁仍然不動聲色，一邊咀嚼著我為他親手做的早餐火腿蛋起士吐司，一邊平靜地回應我：「這樣有好有壞。」

Double-edged sword！這是雙面刃，也就是「有好有壞」的意思。一個十四歲小男孩，如何能在一邊吃早餐的時候，一邊聽我發牢騷，一邊不著痕跡說出一針見血的看法？這讓我非常好奇。

「好的是什麼？壞的又是什麼？」我循著他的邏輯提問。

「好的是，我上學很方便；壞的是，我會變成嬌生慣養。」

小壯丁終於喝完最後一口熱牛奶，白色的泡沫輕輕沾染在他的上唇，清秀的臉龐溫柔展現平靜，這時候的他蓄著學校規定的平頭髮型，讓他混搭出某種小兵形像。

男孩童稚的眼神透露著十四歲的天真，但是當他向我說出「壞處是會變成嬌生慣養」時，我從他的語言中感受到一股男子漢的光榮。

「說得有道理，你明白就好。」我不需要再多解釋什麼。經過許多一言難盡的生命歷程，此刻愈精準的回應愈是一個能夠支撐我們母子在迍邅人世維持信念的中流砥柱。

小壯丁剛出生的時候，我曾經很沒良心把他當作玩具來玩。新生兒一旦肚子餓會依靠本能尋找奶瓶，那時，只要在他的嘴唇邊輕輕點擊，他的反射動作會讓他噘著小嘴往有觸感的方向移動，想要吸吮奶汁。

有次我在朋友面前示範小壯丁的覓食本能，我在他的小嘴唇邊兒左敲敲，右點點，方向換來換去，就是不餵給他奶瓶。只見小小小壯丁的粉紅色小嘴唇左右噘來噘去，即便如此他也從來不哭鬧，他肯定不明白剛剛出生一個多月的自己正給一個女人搞得像是馬戲團動物，他濕濡濡的嘴唇兒啵啵地開開闔闔，小臉蛋兒左轉右轉始終找不到奶瓶，因為他媽媽把自己當作兒童樂園訓獸師，早已玩得不亦樂乎！

「妳好壞！」來訪的客人實在看不下去，嚴詞指正：「妳怎麼這樣對小孩。」這位女客的孩子剛滿一歲，她確實有資格教訓我。我被她醍醐灌頂之後覺得非常羞愧，小壯丁是個需要照顧的新生兒，他同時也是一個獨立的個體，無論年紀大小，他都應該得到被尊重的生命與人權。

美國存在心理學之父羅洛．梅在《愛與意志》書中提到：

在生命的頭幾個星期，嬰兒可能會毫無區辨、盲目地用嘴巴尋找著乳頭；任何乳頭都好，不管是母親的乳頭或是奶嘴。然而隨著意識的逐漸浮現，以及在客觀世界經驗到自己為主體的理解力日趨發展，許多新的能力便繼而出現。其中最重要的即為象徵符號的運用，並且以象徵意義的形式，使自己和生命世界發生關聯。

一轉眼，當年的玩具已長大成為型男！前幾天我想念他想跟他說說話，結果小壯丁以「正在大便」為理由不接電話。直到三個小時後的深夜才回電。

我作息正常，早睡早起，晚上十一點固定就寢。隔天醒來看到未接來電，想想不太對勁，青少年是不是仗著住校天高皇帝遠，玩起網路遊戲毫無節制？於是傳了訊息命令他當天晚上要視訊講電話。

小壯丁言簡意賅地回應我一個ＯＫ貼圖。但是到底ＯＫ不ＯＫ，只有通話成功才能結案，天曉得他這次還能想出什麼理由調皮搗蛋！我唯一明白的是小壯丁早已不是我的玩具，往後的日子，可能只有陪著他一起Cosplay，我們的愛才能天長地久，我這個大玩具也才能夠鞏固正宮娘娘的心靈位置。

傾聽指數零

小壯丁念國中一年級，開學第三個禮拜，某日傍晚五點四十分，他打電話給我。第一句話就說：「媽媽，我現在還在學校的椰林大道上。」

通車上學的小壯丁，每天五點準時放學，回到家的時間大約是五點半到六點之間。這天他特別打電話通知我，很明顯是要告訴我：他會遲歸。

「怎麼了？」我關心地問。

「我被處罰留下來掃地。」小壯丁無奈地說：「因為我在上課的時候丟紙團，老師很生氣，但是全班都在丟紙團，只有兩個人被罰掃地，因為其他人都不承認。」

「你的意思是，只有你和另一位同學承認犯錯，所以被處罰？」我試著釐清問題根源。

他在電話那一端不再言語。

我能感覺到孩子心中的怨懟與不平，但手機通訊斷斷續續，無法聽清楚來龍去脈，只好先告訴他：「好，媽媽知道了。首先是你今天會晚歸，我估計大概六點半才能到家，那麼我晚點煮麵，回到家剛好吃熱的。另外，關於學校今天發生的事，我們吃晚餐的時候，再慢慢討論，好嗎？」

我常覺得，每個人看事情的視角都會採取對自己最有利的角度，更何況是十二歲的孩子。小壯丁所謂的「大家」都在丟紙團，經過深入了解，這群小孩在老師沒進教室前確實都在打鬧，但是當老師出現時，就剩下沒長眼的小壯丁和另一個孩子繼續丟東西玩，成為現行犯，理當懲處。

我後來分析這件事的因果關係：「如果你不調皮去跟著起鬨丟紙團，就不會被處罰。」

「可是大家都在丟。」小壯丁覺得很委屈。

「大家都在做的事情不一定是對的事。你要學會判斷。」

我想起類似的情況似乎不只發生一次：「記不記得你念小學也發生過同樣的事？你說大家都在老師背後做鬼臉，第一個、第二個、第三個做鬼臉都沒事，就只有你，一跟著做，老師剛好轉身看到你這個現行犯，把你罵了一頓。結果又是別人都沒事。」

我曾經和其他家長聊過，小壯丁這一屆學生，似乎老師緣都不太順遂，尤其是小學六年級遇到的那位代課老師最糟糕，竟然在課堂上跟畢業生公告：「你們都沒有資格申請市長獎，因為我已經決定了兩個人選。」

小壯丁曾經連續兩年得到台北市國小美術比賽第一名，也得過教育盃網球乙組雙打亞軍，民間舉辦的桌球比賽冠軍。我認為他絕對有資格去角逐第二類特殊展能市長獎。

我不是為了滿足虛榮心而鼓勵孩子參加競賽，而是，這位六年級代課班導師當面否定學生，不給孩子機會，還羞辱孩子說他們沒資格，導致小壯丁有陣子對自己完全失去自信心，這才是我最不能容忍的無良惡師。所幸最後她的劣行終於曝光，也讓她失去成為正職老師的機會。

有過這次經驗，我只能安慰小壯丁：「我們跟老師的緣分，就像是將來出社會工作會遇到的老闆，難免有好有壞。最重要的是這段過程有沒有學到東西。求學就是努力增強實力的過程，即使遇到不投緣的老師，也當作是提早鍛鍊人際關係。」

俗話常說「山不轉路轉」，幸好，當小壯丁跨區念國中之後，終於遇到熱情又關愛學生的年輕班導。只是，好景只維持了兩年，國三重新分班，班導師換成一位清大物理研究所的博士高材生。

這位傳奇女老師的出現，讓許久沒在晚餐時光與我分享「校園記事」的小壯丁又開始侃侃而談。

「媽媽，我們全班都覺得老師很奇怪，我告訴妳一件上星期發生的，是新鮮的，Fresh的。」我聽到小壯丁用英文形容故事的新鮮度，也跟著青春雀躍起來。

小壯丁說：「有一天午休前的自由活動時間，當天的午餐水果是橘子，我們五個男生，拿著自己的橘子到走廊上玩，然後互相用橘子丟來丟去。玩完以後，我們把橘子撿起來丟掉，沒有掉出任何一滴果汁，一群人收拾完畢就進教室午休，繼續上課。一直到放學前，老師突然叫出我們五個男生的名字，把我們叫到前面，說：『因為你們中午玩橘子，現在發現黑板下方很髒，就是橘子汁，你們要留下來拖地清乾淨。』」

小壯丁臉上跟著劇情露出莫名其妙的天真表情。他喘口氣，繼續說：「中午我們是在教室外面玩，根本沒有靠近黑板。而且，其他人也跟老師反映，黑板下的髒東西並不是橘子汁。也有人幫我們說話，說這不是我們弄的。但是最後老師說：『總之，因為你們玩橘子，所以必須留下來打掃。』」

小壯丁說到這裡，似乎仍然不明白女老師的邏輯，直接問我：「這是哪門子跟哪門子的關聯啊？」

我開玩笑說：「這樣吧，如果她下次又發神經，那麼你就反問她：『老師我們不玩橘子，玩牙齒可以不可以？』」我說完話，順便做出手指摳牙齒的動作。

小壯丁大笑，接著告訴我：「我們這個班導，『傾聽指數是零』，而且『隨興管教』。」

傾聽指數是零？這個名詞真有趣。

「有次上數學課，我正在抄筆記，沒有發現外套和毛衣掉在走道上。老師突然離開她的導師座位，走到我旁邊，把我掉在地上的外套和毛衣撿起來，直接拿到『資源回收桶』丟掉。因為她不允許有任何東西放在地上，也不允許椅子下面放東西。」

「那多噁心啊！」這次換我咋舌：「資源回收桶裡有喝完果汁的寶特瓶、便當盒……。外套和毛衣撿回來有沒有先處理一下再洗乾淨啊？」

小壯丁點點頭：「有。」

「媽媽，我有個同學叫做張X盛，他想出一個辦法，從家裡拿了個小書架，可以放在書桌側邊，節省空間幫忙堆放一些書。他看到我也有很多東西，就主動借我一個家裡多出來的書架。結果，有一天午休，張X盛有事外出，我趴在桌上睡覺，這時候，班導師又走來巡教室，發現我座位旁有個書架，似乎又準備拿去丟。還好我眼明手快，立刻將書架和書塞進書桌下方。結果老師走到我前面，發現張X盛的書架。我立刻跟老師說：『我幫他放到書桌下。』我說了三次，都被老師制止。她不但沒收書架，還把書丟到資源回收桶，更狠的是，她把掉到地上的外套，丟進垃圾桶。」

「垃圾桶？多噁心啊！比你的東西被丟進資源回收桶還要噁心。垃圾桶裡有擤鼻涕的衛生紙、口水、橘子皮……」

小壯丁接著說：「對，還有廚餘，有湯汁。」

後來呢？

「後來張X盛回到教室，發現書架和外套都不見了。我立刻跟他解釋，我跟班導師說了三遍要幫忙收，都被她禁止。於是，張X盛不顧仍然是午休時間，走出教室，去翻垃圾桶。班導師發現了，追出教室，問他：『你在做什麼？現在是午休時間。』張X盛說：『我在撿垃圾，妳看不出來嗎？』兩人一來一往，開始在走廊鬥嘴。最後張X盛無視於老師的命令，把書從資源回收桶撿回來，也把外套從垃圾桶中撈出來。據說撿出外套時，還滴出廚餘湯汁……。」

我覺得小壯丁真是個說故事高手，把事情的來龍去脈仔細描述，我彷彿也欣賞了一齣教育現場實景秀。

「這就是她的『隨興管教』。」小壯丁做出結論：「如果禁止使用書架，老師一開始就要說。為什麼要等到我們都用了兩個多禮拜之後才禁止？」

「還有，潘老師結婚送的喜餅禮盒，到現在，已經三月下旬了，整盒喜餅還放在她的座位辦公桌，一個專門放手機的地方的旁邊，一動也沒有動。她既不帶回家，也不打開來吃，就這樣放著，一直放著。」小壯丁說話時露出不解的神情。

原來，這些小孩子把身邊所有事物都默默看在眼裡。話說這位教物理的女老師，過去兩年擔任潘老師的副班導，當時朝夕相處，如今男生另有心儀對象，那盒結婚喜餅，要不要打開來吃，真是一個 To be or not to be 的大問題。

話說回來，要搞定這群正在青春發育期的小壯丁們，真是件辛苦的工作。小壯丁回到家，願意跟我坦露學校老師的怪癖，順便吐吐苦水，我的功能只要扮演聆聽者，不會動輒去學校興師問罪。因為我尊重校規與老師的教學專業，也明白這年紀孩子們調皮搗蛋的時候，真的「狗都嫌」。更何況，班導師也經常向我告狀。

某日這位物理高材生班導打電話來，一次把小壯丁最近的罪狀清楚條列，包括：

（一）曠課時數總共九小時。原因：小壯丁在操場上遇到學弟打籃球，「突然想到」應該跟著打籃球，結果忘記回教室上課。還有中午和同學「突然想到」跑去看別人練習演講，忘記在教室午休。

（二）上數學課「突然想到」拿出手機看NBA季後賽的隊伍，被記小過。

（三）學期初需要繳回的「是否帶手機到校的家長同意書」遲繳，因此老師自主勾選「不帶手機到校」。小壯丁也搞不清楚，「突然想到」應該把手機帶到學校，結果遭到懲處，也造成家長與老師的誤會。

班導師問我：「手機沒收一星期，家長有沒有意見？小安應該會因為痛失手機而有意見吧！」

「沒有意見！按照校規處置。」我爽快地回答：「沒有手機七天，我覺得他也不會怎麼樣，因為小時候，我曾經沒收過他所有的玩具，只給他幾張紙和筆，希望他畫畫或寫字。結果，他把紙撕成大小不一的形狀，捏成大小不一的球，投進字紙簍裡，當作籃球投框似的玩耍，那枝筆，也變成高爾夫球桿，在地板上推紙球。他永遠可以變出新花樣，好像沒有在怕的。」

班導師似乎恍然大悟，說：「他的自癒力很強。」

物理高材生果然冰雪聰明。想想，我只是在家裡應付一個小壯丁就已經頭昏腦脹，學校老師要應付數十倍的小壯丁和小公主。這種「桃李滿天下」的教育過程，實在是需要具備偉大胸襟才能成就的任務啊！

作為青少年的母親，我期許與鼓勵自己一定要做到陪伴和傾聽。

還記得小壯丁剛念國中的第一個星期，體育老師教大家打籃球，他突然被一個女同學從後方熊抱。

「哪有人這樣防守的！」十二歲的小壯丁回到家向我抱怨：「不但從後面抱我，為了阻止我投球，就站在我前面十公分用眼睛盯著我，快黏在一起了。」

我忍俊不禁，心想，原來這就是青春期。

「還有……」小壯丁繼續說故事：「我們班有三個女生，像姊妹一樣做什麼事都在一起，也一起打人。她們看不慣男同學，就一拳揮下去。如果下次她們也來打我，我一定會打回去。」

我立刻搖頭，告誡小壯丁：「不可以打人，更不可以打女生。如果女生打你，你只可以防禦。」

我試著彎起手肘，握緊拳頭，想像一代武俠宗師葉問四兩撥千斤的溫儒打法，將手肘提高，在臉龐前面揮來轉去。

「像這樣！」我得意洋洋一邊花拳繡腿一邊說：「你就比出詠春拳。」

「媽媽！妳那個是嘻哈拳。」小壯丁噗哧回答。

我們就這樣咬著牙一起長大

「小安媽媽，我是班導，有件事必須讓妳知道，小安今天在電腦課的時候咬螢幕，咬出了一道裂縫，按照校規，你們要賠償一個電腦螢幕……」

「等等！請您再說一遍……」老師的話還沒說完就被我打斷，是她咬字發音不標準還是我剛剛耳膜有蝙蝠在飛？

「咬螢幕？您是說用自己的牙齒去咬，去咬那個很硬的電腦螢幕？」

是！老師斬釘截鐵地回答。

我認為，這可不是凡人能做出來的事情。

小說家頭腦立刻分析各種人性弱點以及導致意外的觸媒，於是我嘗試溝通：「老師，首先我為小安破壞公物的舉動道歉，只要確定是他做錯事，我一定配合校規處理，教他負責到底。只是……我想了解是在什麼樣的情況下『一個人類』會去用牙齒咬電腦螢幕？當時，是不是有同學鼓譟或挑釁？如果是受到同儕壓力而發生這種情況，或許我們需要進一步了解。」

「當時大家都很安靜，各自使用各自的電腦設備，沒有任何人在旁邊鼓動或吵鬧。」老師解釋：「小安媽媽，妳可以去買二手貨，不用買全新的。我問過電腦教室，同型號的二手螢幕大約四千多元。」

「謝謝老師！不好意思，孩子破壞公物，應該要賠償，但是，很抱歉，我不會幫他出錢。」我堅定地說：「他自己做錯事情要自己負責。所以，請學校給這孩子一些時間，讓他自己把壓歲錢存起來或做家事賺零用錢，靠自己的能力賠償。」

電話的另一端瞬間寧靜。

「這是機會教育。」我說：「畢竟，一個十幾歲的孩子為什麼會突然去咬螢幕？我也應該聽聽孩子的說法。」

當晚，孩子準時回家，晚餐是他喜歡的臘味飯、蔥爆肉絲和青花菜。

小壯丁自己先坦白：「老師都跟妳說了吧？」

「是。我想聽你的說法，當時有同學在旁邊挑釁嗎？」

「沒有，大家都很安靜地在自己的電腦前面上網或做功課。」

「然後呢？」

「然後我就站起來……」同時他也在餐桌旁邊站起來表演給我看：「轉身，咬了後面同學的電腦螢幕。」

「為什麼？有什麼原因促使你這樣做？」

「沒有原因。」小壯丁淡定地說：「就是想咬東西。」

「你知道你這一咬，要賠償四千多元的電腦螢幕嗎？」

他點點頭，說：「隔壁班同學是用拳頭打壞電腦，他媽媽已經去幫他買一個二手貨賠給學校。」

「這筆錢我不會幫你還，更不會借你。」我一字一句清楚地說：「你做錯事，要自己負責。從現在起，你可以拖地、洗碗賺零用錢，等存到四千塊錢，就買一個電腦螢幕還給學校。」

他低頭不語，默默接受我的結論。

「還有，下次當你『就是想咬東西』的時候，可不可以選個便宜一點的？你可以咬桌子、課本、皮鞋、外套、甚至你的頭髮（如果你抓得到）。可不可以避免咬這種動輒四千多塊錢的電腦螢幕？」

他的嘴角微彎，似乎在偷笑！

「就是想咬東西」到底是口腔期還是青春期症狀？我到現在仍然不明白，只知道一個孩子的成長過程有著太多無法理解的行為，尤其少年十五二十時，更是天天上演荒謬劇，隨時準備「機會教育」。

面對各式各樣的「叛逆」，家長也要試著學習不逼迫孩子框在無意義的威權裡，才是良性互動。十八年累計的大數據資料顯示，我的孩子到現在仍然對我說實話，不會欺騙狡詐，就是彼此信任的基礎。

兩年之後，小壯丁終於靠自己（做家事與壓歲錢）攢到四千多元，也順利買到電腦螢幕結案。我們就這樣「咬著牙」一起長大，感謝學校願意寬容他兩年的時間學習自己負責，驗證「信任」處方箋的良效。

我喜歡你本來的樣子

小壯丁念國小時因為一班只有六個人，成績可以維持「前六名」，但是就讀國中之後，一班五十人，他剛剛好維持中庸之道，也就是排名總在第二十五名上下擺盪。

我渴望啟發他認真學習教科書的興趣，但是無論我如何用愛的教育、震撼教育、失心瘋教育，小壯丁都無動於衷，讓我萬念俱灰。最後我實在無計可施，決定削髮為尼，斷絕三千煩惱絲。

於是有一天，我跟小壯丁說：「媽媽準備出家為尼。」

「那是什麼？」十二歲的小壯丁好奇地問。在他的經驗裡，可能只聽過「小熊維尼」，從來沒聽過「削髮為尼」。

「就是把頭髮剃光光，專心修行佛法。」我是天主教徒，這句話當然是開玩笑的，因為修女不需要剃度，為了使小壯丁深刻感受我對他成績單數字的極度不滿，我認為使用女尼的形象在感官上比較刺激。

我甚至順勢比出合十的手勢，希望讓小壯丁明白我對這件事情的重視。

「不要！」他突然驚叫。

「為什麼？」貧尼淡定詢問。

「不准。」小壯丁說。

「為什麼？」

「不要剃光頭。」小壯丁驚恐地繼續陳述。

「給我一個理由。」貧尼持續保持耐心，已然進入老僧境界。

「妳會變得很醜。」十二歲的小壯丁說。

奇怪小壯丁自己也頂著一個頭髮長度不到一公分的平頭，他竟然嫌我剃光頭會變醜？

「這不是理由。雖然我可以接受。」我繼續若無其事地和他討論頂上毛。

「我喜歡妳現在的樣子，不要剃光頭！」小壯丁誠實地說：「妳也不要去做那個什麼？和尚？」

「是尼姑。」我繼續合十默默念道。

「我不要。妳剃光頭會很醜。」小壯丁繼續堅持他對女人的美感經驗。

好吧！我承認這個理由確實有效果，變醜讓我恐慌。

於是我說：「要不然我先用絲襪把頭髮包起來，看看光頭的造型如何，再決定要不要斷絕三千煩惱絲。」

「可以。」他回答。

誰會真的去拿絲襪包頭髮啊？只有電影才會這樣演。看來我的光頭苦肉計還是沒能刺激小壯丁認真念書，不過我倒是經由這個測驗，徹底明白他對於女人的審美觀，原來他喜歡長頭髮的女孩子啊！

小壯丁喜歡長髮女孩，從他念幼稚園時就得到驗證。有一天，我送他上學的時候還是長頭髮，放學去接他時已經剪成短頭髮，他沒有當場鬧情緒，但是回家的路上一句話都不跟我說，因為他心裡生悶氣。回到家之後才告訴我，他不喜歡我剪短頭髮。

小小壯丁對媽媽的髮型意見非常多。二〇一三年十月二十五日，我自己在家動剪刀剪了個自以為時尚的厚重妹妹頭瀏海，沒想到當天晚上，就發生「十二五慘案」。

小壯丁回到家，看見我的新髮型，立刻嚴正批評：「媽媽，妳這樣不好看。」

「那是你看不習慣而已。」我聳聳肩。當時妹妹頭瀏海是最流行的髮型，而且頭髮長在我頭上，又不是長在他頭上。

他繼續申論：「不是。這個頭髮的角度很奇怪。」

老實說，當我一刀剪斷前額髮量時，也立刻感到後悔。因為我下刀太重，而且距離沒算好，剪成藝人豬哥亮那種前額髮型。讓小壯丁一回家，連飯都還沒吃，就開始對我的新髮型提出批判，讓我忍不住心虛了起來，弱弱地問：「很難看嗎？說實話……我也覺得有點像村姑。」

「我喜歡妳本來的樣子。」小壯丁斬釘截鐵地說。

本來的樣子？

是六祖惠能說的那種：「本來無一物，何處惹塵埃？」的本來模樣嗎？

那麼，我真是何苦去惹這一頭角度很奇怪的塵埃！

零用錢的真諦

和小壯丁在一起的生活，就像談戀愛，有時候甜蜜有時候哀愁，還好我們的「三觀」（人生觀、世界觀、價值觀）接近，即便意見不合也像是情侶鬥嘴（我自己這麼以為），讓生活充滿新鮮感。

小壯丁念中學時，學校規定穿制式的大頭黑皮鞋，他很遵守規矩，乖乖穿到高中，直到高一寒假，我們去香港小旅行。小壯丁問：「媽媽，我們去香港會不會逛街？」

「會啊！」我說：「香港最好玩的事情就是逛街。」

「那我可不可以買我想要的東西？」

「你想要什麼？」我問。

「我想買一雙尖頭綁鞋帶的黑皮鞋。」

「你還在念書，一個星期有六天都在學校，有什麼機會穿呢？」我提出現實考量。這種紳士鞋，對還在念書的高中生而言，應該沒機會穿。

「上學的時候穿。」小壯丁說。

「學校有規定的黑皮鞋，你這樣會不會違反校規？」雖然我也認為學校配置的男鞋樣式有點古錐，但是我們還是應該把務實放在首要考量。

「媽媽，我們學校所有的高中生都沒有人在穿學校規定的黑皮鞋了，只剩下我一個人還在穿。」

小壯丁這麼一解釋，我才發現他已經十七歲，也到了愛美的年紀，我如果繼續要求小壯丁服從校規鐵律，似乎顯得我這個老古板不知長進。

「媽媽，那逛街可不可以買我自己喜歡的衣服？」小壯丁繼續探問。

當時快要過農曆新年，我想想也應該讓孩子開始探索自己的品味。於是我回答：「可以，但是總預算不能超過台幣四千五百元。」

「為什麼是四千五百元？」小壯丁好奇的問。

「大約是一千塊港幣的概念。」我說。

財務管理是個大學問！我愛小壯丁，只要能力所及我願意滿足他所有的願望，但是，寵愛絕對不等於溺愛，「欲求」與「需求」永遠都需要一把尺嚴格測量把關。另一方面，也不能過度錙銖必較，捉襟見肘的窘態會讓貧窮限制孩子的想像，也失去審美的能力與品味。

小壯丁念國中、高中六年期間，每周至少五天必須穿著制服。青春期的孩子身高不斷拉高，還好體重沒有劇烈變化。唯一讓我不明白的是，學校不就是個上課的地方，一整天幾乎都坐在教室裡，為什麼小壯丁的制服長褲經常莫名其妙破損？最常出現破洞的地方在膝蓋，其次是大小腿的側邊接縫。

「媽媽，褲子破了一個洞。」每隔十天半個月，這句話就會出現。最誇張的一次，褲子在臀部縫線處整個裂開，形成一個大空洞，根本遮不住內褲。

「破成這樣子，你怎麼走路？」我好奇地問。

「老師允許我換成體育褲。」小壯丁無奈地回答。

我研究長褲許久，發現它只是在接縫處裂開，只要將兩邊縫合就可以繼續穿，不必花錢買新褲子。

於是我拿出縫紉機，認真為兒子縫補屁股破大洞的制服褲子。我對待「女紅」這門學問非常嚴謹，幾乎以寫博士論文的心情專注坐在縫紉機前。我將裂開的部位對齊，壓下壓布腳，開始做直線車縫。腳踩遙控器，咔噠咔噠的響聲顯得我非常專業，手上褲子也很順利地往前推，讓縫紉機靈巧地完成兩塊布的縫合，終於大功告成！

我開心地拿給孩子炫耀，卻突然發現，兩片縫合的布料背面出現許多糾結的線圈。這意味著，我並沒有縫好褲子，很可能需要再來一遍。可是，這條褲子的屁股破洞明明已經縫合，而且外觀看起來都正常，只是裡面有著許多無解的線團。

「Baby，這樣你屁屁會不舒服。」

小壯丁看了一眼：「沒關係，沒差，不必美觀。」

那時候他只有十四歲，雖然說話的語氣很酷，但我感受到的是天真與甜蜜。

小壯丁十五歲以前，對家居服或是便服也不挑剔，我買什麼他就穿什麼。有次我帶他去成衣批發店買褲子，看到一件內裡刷毛的帽T外套標價六九八〇，特價二九〇。我們立刻挑了一件試穿，尺寸剛好，立刻結帳。

回家的路上，小壯丁提著購物袋，顯得很興奮，他說：「我要告訴人家這件衣服七千塊。」

「Baby，你什麼時候學會炫耀？這樣很不好。」我說。

「我當然不會這樣，只是心裡很高興，很想跟別人說。」

「那麼你要不要去跟路邊那個阿伯講『我的衣服七千塊』？」

他噗哧一聲笑了出來：「哈哈，神經病。」

「或者你到捷運站服務台，去儲值悠遊卡的時候，順便說：『叔叔，我的衣服七千塊喔。』」

與我並肩走在人行道上的小壯丁，當時只比我高十公分，我能感覺到他臉上表情不斷竊笑。

「或者你去麥當勞買了薯條，阿姨把東西拿給你以後，你就對著她說：『阿姨，我的衣服七千塊喔。』」

這孩子還在笑。

我繼續補充：「而且七千塊還是四捨五入的價錢。」

他笑得更厲害，最後告訴我：「好啦！我不會跟別人說啦。要說也是說真正的價錢。」

孩子在學習如何理財時，每個轉折都是關鍵。我們謹慎處理金錢，絕不攀附超過我們能力以外的奢侈品，面對浮誇的虛榮心，適時調整。我也會誠實告訴小壯丁家中的財務狀況，在這方面沒有什麼愛面子不愛面子的問題，母子倆就是一家人，坦然面對，同舟共濟，這趟愛的旅程才能安穩持續。

輯三

考考考

考前七十二小時

「大學入學指定科目考試」倒數最後三天，小壯丁愈來愈沉默、規律、安靜、淡定、無言……其實，我能感覺得出來這一切都是他在壓抑的焦慮。

作為一個天天相伴又無怨無悔的「前世情人」，我如何發揮神探異稟觀察到小壯丁的焦慮？

首先，小壯丁體重快要破百！

這當然是我的誇飾。但是，八十九點四公斤四捨五入之後，跟一百公斤的概念非常接近。

縱然小壯丁在考前就給自己打了預防針，他曾經說：「我將會胖到九十公斤！」

當時他所宣示的九十公斤，對我而言，只是一個數字。

作為母親，我看著自己肚皮製造出來的美麗生物，總是心想，孩子胖一點好，這代表媽媽的手藝很好，肯定是媽媽濃濃的愛意滋養他成長，茁壯。

但是，考期愈逼近，天氣愈來愈熱，我看著小壯丁的身形，也跟著愈來愈充實。

他的臉形沒變，可是，那兩條腿，是從動物園的熱帶雨林區借來的嗎？如果有人去過木柵動物園的亞洲熱帶雨林區，應該很容易體會到我的觀感。因為亞洲熱帶雨林園區的動物，集合了我這輩子看過最厚實堅毅，最不在乎外表的哺乳類，例如亞洲象、馬來貘。

小壯丁似乎也有一點警覺，他每天都會站上體重機，然後報告體重數字。每次他高聲朗讀的數字，距離九十公斤都只是差零點幾的小數點，彷彿這是個臨界點，警示著我們不要過度放縱越界。

小壯丁的焦慮之二，是他完全無法忍受炎熱。

我們的新居位於海拔兩百多公尺的山上，科普知識告訴我們，在對流層中，溫度會隨著高度遞減，稱做大氣溫度直減律（Lapse rate of temperature）。國際民航組織（ICAO）的數據指出，乾空氣平均每上升一百公尺，氣溫就下降約〇點九八度，換句話說，我們住的地方頗接近「冬暖夏涼」的意境。再加上住家附近青山圍繞，綠樹成蔭，光是視覺效果就具備散熱功能。我常常在清晨起床，面對窗外沁涼的新鮮空氣，大口大口呼吸天然芬多精。看看時間還早，先去做點家事，經過小壯丁房間，一股冷風拂來，才早上六點半，他已經熱到受不了，在房間裡開冷氣。

那天曬衣服時，我忍不住思考「熱」這件事。開始反省我自己在念高中時，是如何面對炎熱夏季帶來的煩躁與焦慮？

我記得那年大學聯考前的梅雨季，氣溫悶熱黏膩，走到哪裡都像是囚禁在高中制服裡，好想掙脫這一切，寂寞的十七歲。我說不出這種感覺，就是覺得又熱又枯燥。對，「枯燥」！枯燥這兩個字精準說明一切。「枯」是樹木乾了的意思，「燥」從火，屬熱，也是乾熱。大約就是又乾又熱會引爆情緒自燃的處境。

直到上英文課時，老師隨口教了一個單字「Humid」，他說這個字很難翻譯，需要自己去體會，就像是最近這樣的天氣，梅雨季，皮膚上沾黏的濕氣，令人討厭又揮之不去。

那一刻我幾乎頓悟！不能翻譯的英文字，要靠自己體會。

人生不也正是如此！許多內心深處的惆悵，經歷過的傷痛，如何啟齒對別人說？就算說出口，有人願意耐心聆聽嗎？天氣這麼熱，家裡又沒冷氣，我沒能力改善環境，我也沒辦法改變父親的收入乞求他裝冷氣。

我只能改變我自己。

濕黏令人厭煩的氣候只是梅雨季，過後還會有夏至、中秋，接著又進入嚴冬。一年四季更替就像人生起伏，總是有喜有樂，悲歡交集。

Humid是一個英文單字，卻是打開我視野的一個關鍵字。天氣變化是外在的，內心堅強才能讓自己處於不變，不讓Humid沾黏，不受環境影響而喪志。而且，我一直有著出國留學的美夢，因此勤背英文單字，縱然我只有十七歲，但是我已經開始編織Globalization的美夢，我要做一個很會說英文的人，而且要學會用英文辯論。我期許自己的將來不要受到種族、階級、各種偏見的侷限。Humid讓我認識到自己的侷限，我如果連自己的情緒都不能抵抗，我還有什麼能力抵抗外侮？

自那時起，我再也不喊熱，我讓自己的身體適應各種溫度，彷彿適應著人情冷暖。這鍛鍊很殘酷，但是我都告訴自己要忍住。

只是在陽台曬衣服的片刻，我彷彿走一趟時光隧道，回到年輕時候的自己。當下我很想走進小壯丁房間，跟他分享這段時光膠囊裡的回憶，但是我也清楚知道這個劇本會怎麼寫下去，小壯丁一定會用不屑的眼神看著我，那眼神很明白地表達一種訊息，那就是：「幹古[註1]。」

因此我選擇安靜地接受陽台上的日曬，默默將家事做完。

小壯丁在房間裡複習英文，我不知道將來會不會出現一個改變他命運的關鍵字，但是我明白，在大學指考前的最後衝刺，他難免焦慮，卻還是規律地去學校上課自習，就連班導師都告訴我：「小安在這段期間，上學都很準時，沒有再像以前經常遲到。」

清晨六點五十分，小壯丁要出門搭乘整點公車。他關掉房間的冷氣，打開窗，迎接朝陽。我遞給他剛剛做好的鮭魚三明治，還有一杯精力湯。我說：「今天的精力湯加入太多百香果與藍莓，口味偏酸甜，不要空腹喝，一定要搭配早餐。還有，我來不及煎蛋，你等會兒去買個茶葉蛋或是請早餐店阿姨幫你煎個荷包蛋，補充一些蛋白質，對頭腦好。」

小壯丁「嗯」了一聲。我們照例在門口 Kiss bye，這時候我都會踮腳親吻他的臉頰，說聲：「Baby 乖，媽媽愛。」

沒有多餘的語言，只有平靜與愛，陪伴他度過考前最後衝刺的倒數七十二小時。

註1　幹古：意同台語「鑑古」，拿過去的事炫耀或吹噓。

愛的陪伴

大學指考倒數四十八小時，小壯丁穿著高中制服的時間也跟著倒數計時。

每天洗衣服都會晾曬他的明黃色制服，我默默看著上面的學號和姓名，還有那些常常被穿到褲襠與大腿縫線爆裂的深藍色長褲。心想，再過兩天以後，洗衣機裡將不再出現這些陪伴小壯丁六年，從小尺寸變成大尺碼的制服。

有好多事情，再過四十八小時之後即將面臨改變，包括小壯丁自己的生涯規劃，包括我們的生活作息。

我親手製作小壯丁從襁褓時期的牛肉泥、蔬菜泥等嬰兒食品，到他自己動手拿筷子學習吃魚吐刺。新手媽媽做菜的實驗性強烈，風格極端不統一，唯一堅持的就是不吃加工製品，少鹽少油，杜絕市售含糖飲料。

每天，我牽著小壯丁可愛的小手，走路送他上學，無論風吹雨打，我都陪伴在他身邊，享受我們母子的晨間散步約會。當他在學校時，我就在家裡打掃，儘管身心勞頓，但是全心全意為他維護乾淨明朗的居家環境，讓小壯丁回家時感受舒適溫暖。我每天洗衣服，夏天拿到頂樓曬太陽，雨季時烘乾，只求衣物遠離塵蟎，消滅過敏原。我每天擁抱他，親吻他甜嫩的臉頰，睡覺時牽著他的手，直到他鬆開……

十二年國教，規範了小壯丁的生活作息。每天早上七點半一定要到校，否則會被記遲到。五點鐘從學校下課返家，六點和媽媽一起吃晚餐。我曾經為天天變化晚餐菜色傷透腦筋，但是無論我煮出什麼東西，小壯丁都吃得不亦樂乎。曾經長達十四年的時間，我天天做早餐，直到小壯丁跟我說：「媽媽，我們學校門口有早餐店，阿姨做的三明治很好吃，有雞排、豬排，還有很多選擇。妳以後給我錢讓我自己去買就好了。」

「我也可以做這種三明治。」我好強地回應他。

「媽媽，我已經吃了一個月的蛋餅。學校門口的早餐店很方便，我同學也會幫我買，這樣妳以後可以多睡一點。」小壯丁說。

他說的沒錯，那陣子我雜事太多，早晨起床來不及準備蔬菜火腿、全熟荷包蛋以及塗抹美乃滋與芥末醬的總匯三明治，只有煎蛋餅最快，沒想到竟然讓小壯丁連續吃了一個月的蛋餅。

即使不做早餐，我也沒有多睡一會兒，每天還是堅持比小壯丁提早三分鐘起床，在客廳門口送他離開，擁抱與 Kiss bye。

就在小壯丁連續吃了半年多的外食早餐之後，因為搬家的緣故，我的愛心早餐再度重出江湖。

山上有許多好鄰居，常常帶著我一起去大賣場或濱江市場採購。鄰居媽媽們非常賢慧，料理三餐是基本款，烤蛋糕包肉粽自製滴雞精，那更是讓我膜拜的偶像技藝。於是，我又開始做早餐，尤其是孩子念高三準備衝刺指考的最後階段，我總是擔心他吃不飽，影響大腦運作。

考前倒數四十八小時的早晨，我用電鍋加熱鄰居媽媽帶我去買的美味肉包，加上半個馬芬，一根香蕉，還有蔬果精力湯，為小壯丁放入提袋中。順便問他晚上回來要吃什麼宵夜？

「今天晚上還可以，明天晚上我就不吃宵夜了。」小壯丁說。

我明白，明天晚上，是個關鍵時刻。

再次日復一日的擁抱親吻道別，我走近那扇可以目視他身影的窗戶。

小壯丁踏在花園小徑上的腳步鏗鏘有力，他堅毅地向前邁進。他不知道我經常在窗台上凝望他，我眷戀不捨的小壯丁，從手牽手上學到現在自己搭公車，一天一天成長茁壯的小壯丁。

我每次在窗前看著他，心裡就浮現許多往事，那些他曾經呼喚「媽媽，看我」、「媽媽，抱抱睡」的日子，彷彿都成為背影。小壯丁離開的時候從來不回頭，他踩著穩健的步伐前進，迎向屬於自己的人生。每每遠眺他的背影，我又高興又惆悵，高興的是小壯丁已經不需要倚賴任何人，漸漸學會獨立。惆悵的是我自己的下一個人生課題才要展開，那便是分離教育。

就在惆悵之中，住在中庭花圃的流浪貓突然步入鏡頭，牠跟著小壯丁後面走了一段路，彷彿守護者似的，直到岔路，牠轉彎，小壯丁也繼續走著自己的道路。

高中生活最後兩天，卻是我感覺到濃濃的畢業離愁。

陪考奇觀

小壯丁準備考大學前夕，結束學校晚自習回到家已經十點多。到家後會先享用一頓我為他準備的宵夜，他喜歡在晚上喝點熱湯，因此我輪流提供清涼補的蓮藕排骨湯，偶爾來點重口味的牛肉湯，有陣子他喜歡吃日式豚骨拉麵，總是在一頓飽餐之後，準備洗澡睡覺。

就在這個時候，我總是會看到他在滑手機。

青少年手機不離身就算了！每次看他專心滑手機，完全忽略我的叮嚀與對話時，我就會跟他說：「吳董，你現在是在忙著簽五億合約嗎？」

不過那是平時，大考前夕的關鍵時刻屬於「戰時」。

雖然說滑手機也許是「紓壓」的方式之一，但是考試前一個星期還用這種方法紓壓，可能缺乏危機意識。

於是我忍不住調侃小壯丁：「Baby，你覺得一月十七號參加學測考試的人都死光了？還是全部得了痲瘋病？還是考試當天全國考生都會被反鎖在自己家裡面不會出門？」

小壯丁裝作淡定繼續滑手機，但是我看到他嘴角忍不住揚起偷笑。

我還能怎麼辦呢？只好默默陪笑臉，也包括繼續陪考。

「陪伴」這件事在我們家歷史悠久。打從小壯丁念幼稚園開始，我從來沒有在他生命中重要的儀式缺席。他從幼稚園到高中的每一次家長會或運動會，我一定準時參加，只為了向老師證明我有多麼愛小壯丁。

還記得第一次陪小壯丁考試，是在他小學六年級，我們去到陽明山上參加一個提供住校的私立中學「入學能力檢定」。

考試集中在周六上午，我帶著小壯丁來到陽明山這所風景優美的中學。看見綠油油的足球場，已經開始幻想小壯丁以後運動的樣子。

第一堂考試結束，小壯丁來家長休息室找我。他說：「媽媽，坐在我前後左右的人都互相認識，我聽到他們聊天說，他們為了考這個學校都去補習，昨天還念書到半夜十二點。」

這個年紀的他仍然保有天真可愛，與我無話不談。他接著問：「媽媽，為什麼昨天晚上我們九點就上床睡覺了？」

我不疾不徐地回答：「我覺得睡覺才有體力，健康比較重要。睡飽才有充足的腦力和體力來考試。」

「他們還說，為了考私立中學都去補習。媽媽，為什麼我沒有補習，為什麼我天天在學校抓青蛙和變色龍？」小壯丁充滿疑惑。

「因為補習沒有意義。」我微笑回應：「讀書的目的不是為了就讀名校或虛榮心。這所學校唯一的好處是住校，你就照自己的實力來考試就好。」我這麼告訴他。

結束整天的考試之後，我沒有問小壯丁考得好不好，我只關心他中午有沒有吃飽，以及考完試之後想吃什麼。然後默默牽著小壯丁的手，在簇擁的人群中走出這所學校。

「媽媽，原來離開雙溪國小，外面的世界這麼大……」這是小壯丁第一次參加校外升學考試結束後對我說的感言：「沒想到有人可以為了考一所私立學校就每天念書到半夜十二點，還要為了這個考試特別去補習。」

當時我也靜默了，視線穿越小壯丁的眼睛，望向窗外，不知道還能再解釋什麼。

面對天真可愛的小壯丁，我很難向他解釋「魔鬼藏在細節裡」這種深奧的世情百態，我只能要求年過半百的自己能夠做到資訊過濾器，判斷訊息來源與人性真偽，在小壯丁的生活中逐漸潛移默化，而且，也期許自己，到了該放手的時候，絕對不要拖泥帶水，用親情綁架他的人生。

陪考，就是小壯丁青春期的心靈手牽手，尤其是重要的入學考試。從十二歲開始直到十八歲的大學指考。接下來的研究所、托福、國考，甚至應徵工作面試，如果還有個老媽子跟在旁邊，不要說小壯丁會很沒面子，我都會懷疑是不是自己沒斷奶。

回憶起人生中的「陪考」經驗，我這輩子見過最奇觀的陪考家長就是我小舅舅。

那年王赫表弟建中應屆畢業準備考大學，考場在大安高工。小舅舅前幾天就打電話吆喝大家來陪考。

「愈多人愈好！」小舅舅說：「來給小赫集氣。」

我在考試當天中午抵達考場，一進入家長休息區，第一眼就看到我小舅舅。因為這位體型壯碩的大帥哥，早已獨霸教室的一隅，用好幾張課桌椅堆疊出一個吧檯區，桌上擺滿瓶瓶罐罐的飲料和琳琅滿目的零食。所謂飲料，更是令人乍舌，那是數量多到可以堆成啤酒塔的罐裝台灣啤酒，還有一瓶瓶排列整齊的褐色瓶裝保力達B。整堆酒精飲料出現在考場，這實在太醒目。

「要喝自己拿！」小舅舅對著家長休息室裡所有陪考的陌生人說。

為了喝「冰」啤酒，他還自備大冰桶，裡面用冰塊冷藏著可樂、汽水、果汁。只要有人經過，他都會問一聲：「你也來陪考喔，辛苦了！要不要喝一杯！」

沒人搭訕的時候，小舅舅就坐在電腦前面玩遊戲，他背對著牆壁，觀望眾人，和所有人逆向相視，彷彿整間教室裡的人都是他的學生或員工。更令我印象深刻的是第二天，小舅舅除了繼續鞏固他的吧檯城堡，他甚至在中午用餐時間，從大塑膠袋裡取出一袋一袋分裝的熟食，捧在手上還能感覺到餘溫，同時飄散出陣陣特殊的熱炒香味。

「這是什麼？」我問。

「山羌肉。」小舅舅熱情地分享：「早上小舅媽炒好從花蓮親自快遞送來。趁熱吃，好吃哦！」

小舅舅與我們互相陪伴的這一段人生，隨著他早一步去天堂報到，今生再也無法重現這種「世界奇觀」級的陪考家長。

回憶過往，如今已擔任住院醫師的表弟王赫說：「我爸真的很誇張，把教室當自己家，冰箱滿滿的飲料。也是顯示他對我們的愛，超出世俗的眼光。跟姊姊對小壯丁一樣。」

最後一句話真是關鍵啊！原來非典型前世情人的基因是有遺傳的，其一致性就是勇敢表現愛的時候絕對會「超出世俗的眼光」。如此，也就沒有枉費我們在人間互相陪伴走過的歡笑與淚光。

人生最輝煌時刻

大學指考首日是自然組考生的擂台，第二天才加入文科生。小壯丁的學校讓已畢業的高三生繼續到校自習直到考試前一天，班導師全程陪伴到最後。這意味著，小壯丁在自然組考試這天出門，是最後一趟固定的高中上學之路，隔日社會組考試登場，他就要轉換跑道。

我明白職場競爭力一直以理工科掛帥。曾經我也私心期望栽培小壯丁攻讀醫科或電機，許他一個比較有保障的未來。因此，小壯丁念小學時，也從眾為他報名坊間「教育機構」在周末開設的生態探索班，希望為孩子補充科普知識，增加學習樂趣。

只是，我這個單親媽媽，繳完第一期學費之後，就看到存款簿數字槓桿失衡，壓力不小。我想勸小壯丁放棄，卻又不捨他每個周末開心上課的神情。於是，我問小壯丁：「Baby，你覺得自然課好玩嗎？還想繼續上課嗎？」

「好好玩喲！媽媽，我還想上另一個科學班。」十歲的小壯丁回答我。

窮不能窮教育，既然孩子有興趣，無論如何都要栽培，說不定將來就會出現一個台版愛因斯坦。於是，小壯丁念小學五、六年級時，周末我們母子都在市區裡奔波參加科學實驗，從生物玩到理化，晚上還有桌球課。

成為理科生這條夢想之路，悠悠晃晃到小壯丁國中時終於放棄。因為他的理化與生物成績常常出現個位數，和我的存摺簿有得拚。

我忍不住問小壯丁：「我們已經超前部署，提早兩年在『頂大』補教機構學習自然科學，怎麼還會出現這樣的成績啊？」

「媽媽！」小壯丁依舊閃耀著自信快樂的眼神：「其實那時候我上課就聽不懂，但是，我有很多好朋友，我們一起上課很快樂。」

原來如此，學費都是拿去學習交朋友。

「而且我有解剖青蛙。我自己拿剪刀剪牠的肚子喔！」小壯丁補充說明。

小壯丁念完高一，某次回到家直接向我「告白」。他說：「媽媽，高二分班我選文組。我評估過了，物理化學生物我實在讀不進去，所以我不能選理組。」

當下我立刻明白，小壯丁的生涯規劃原來採取數學「二元一次聯立方程式」的「消去法」。

我靜靜聆聽他的計畫，微笑表示認同。因為我自己又何嘗不是如此呢？曾經在某次採訪，撰稿記者以優美的文筆寫出我的內心劇場：「在循規蹈矩的外表下，朱國珍持續為自己創造叛逃的出口，就算不知道自己要什麼，也能一直知道自己不要什麼，且不願勉強自己待在不對的地方。」

棄理從文，至少，小壯丁懂得為自己找到一個生命的出口，在他十六歲的年紀。光是這一點，就讓我這個做媽媽的感到欣慰。

時光荏苒，轉眼到了高三，這次可不只是「文科」「理科」的二分法，而是，在文科生的文、法、商志願中，又要選擇哪一條真正適性的道路？

我個人首先評估小壯丁絕對不是個念文學的材料。

他的造句「別看小明那麼，他只是羊質虎皮」（沒錯，他在造句裡自己畫了一個大拇指的圖案）；或「貓咪剛來我家時那副楚楚可憐的樣子，再想到牠現在都大刺刺的躺在床上跟我要吃的，非常的一個可愛啊！」

小壯丁的文學造詣也是「非常的一個可愛啊！」

這樣的孩子，雖然調皮，但是從小充滿正義感，經常和我討論他的小小世界裡所見到的不公義。於是，我幻想著小壯丁將來有機會成為律師，我跟小壯丁說：

「要不然你熟背《六法全書》，將來做俠盜羅賓漢那種律師，劫富濟貧，也是另外一種公義再現。」

於是，我們去拜訪一位在百億資產企業擔任策略長，留美法律碩士。然而，這位長輩卻勸我們打消法律伸張正義的理念。他搖搖頭說：「太辛苦了，這樣的人生只會充滿挫折。」

又到了運用二元一次聯立方程式「消去法」的時候了。母子倆看著琳琅滿目的大學科系，刪掉文學院、法學院的選項，最後只剩下商學院。

於是小壯丁在指考最後衝刺階段，重新規劃策略，加強國英數的得分關鍵，修正上次學測考試時的錯誤戰術。

考前三十六小時，小壯丁告訴我：「媽媽，我最近自己寫模擬考卷都寫得很順。」

我露出慈母的微笑：「這代表你已經充分掌握題庫了。現在只要保持平常心，不要感冒，不要吃壞東西，不要中暑，不要摔到。」

「現在是我人生最輝煌的時刻！」小壯丁突然冒出這麼一句話。

輝煌？

我將「輝煌」這兩個字解讀為小壯丁的自信心！確實，所有的成就都要靠自己努力爭取才有意義，此時此刻，小壯丁接受大學指考的命運，過去三個月，他比從前任何時候更專注執行讀書計畫，迎戰自己的未來。這樣認真與負責的態度，就是「輝煌」二字最美的詮釋。

考前小壯丁的學校特別準備一個很有意思的餐盒，內有包子、蛋糕與粽子，外面寫著「包高中」。小壯丁在學校吃了一盒，又帶回多餘的一盒。

我說我也要吃。小壯丁問我為什麼？

「因為我是考生家長，我們一條心。」我堅定地回應。

十八年來就是靠著「我們一條心」走過風風雨雨，而且，人生的「大考」不是只有今天，到了我這歲數，小壯丁會更明白人生一輩子都充滿挑戰。

考前我最想跟小壯丁說的話，不是加油也不是盡力就好，而是：「你讓我相信只要不絕望，一定有希望。」

這也是過去十八年，小壯丁教會我最重要的一堂課。

「久久」的奇幻冒險

二〇二〇年的大學指考結束了，和人生中所有的劇本類似，總是上演著幾家歡樂幾家愁的場景。

文組生考試首先登場的是「數學乙」，這是小壯丁的強項。自從他識字開始我就跟他說：「數學是知識之母。」這麼多年來，小壯丁把這個「母親」伺候得還不錯！

但是，今年受到疫情影響，舉凡大考時間延後、禁止家長陪考、考生全程戴口罩等等新規定的干擾之下，我盡全力的讓小壯丁心情平靜，然而，當他結束第一天上午的考試，來到咖啡館跟我會面時，我從他的神情之中，判斷大事不妙。

我已經告訴自己一千次，陪考絕對不能談考試的事情！指考這兩天看見小壯丁只要露出傻笑，然後問他要不要吃東西！

是小壯丁自己開口：「這次的題型非常奇怪，考前我已經把過去十年『數學乙』的考古題全部做完，我自己在家模擬考，去年的題目還考一百分。但是，今年的題型設計得非常複雜，當我看懂的時候也沒時間計算了。」

「哦，你把考題說得好像是我們寫文章的人會用的『炫技』。」我刻意採取一種中性的回答。但是，小壯丁的表情完全寫滿沮喪。

也不過五個小時之前，我和他的數學家教老師還一起和他共享早餐，為小壯丁做最後一刻的能量加持。

小壯丁十二歲認識這位當時在大學念書的家教老師李義方，他像個大哥哥，陪伴小壯丁度過關鍵的六年青春期，他自己也在這段期間攻讀碩士學位，服完兵役。同為年輕男孩，家教很清楚小壯丁的個性，也因此，對小壯丁放棄學測申請入學，再給自己一次機會拚搏大學指考的決定感到難能可貴，同時也在最後三個月親眼看到小壯丁的認真努力，讓六年來耐心指導數學的家教老師感到欣慰，對這孩子重新刮目相看。

只是，沒想到今年的文組數學考題超乎常理的刁鑽。小壯丁才迎戰第一節考試，就「非常的一個無語問蒼天」！

小壯丁接著說：「考完數學之後我走出教室，當時，我真的很想在教室外面痛哭！但是我忍住了，因為這樣一定會被同學笑。可是，我很不甘心，數學乙從來都是考數學基本觀念，不是自然組『數學甲』那種包裝題。而且我已經把過去所有的乙組考古題和模擬考題都做完，數學基本觀念絕對難不倒我。」

我默默聆聽小壯丁的傾訴，不知道該說些什麼……

「為什麼？為什麼？我想不通為什麼？這種題型對自然組而言很簡單，因為他們一直練習這種題型，根本不要思考就會寫。但是對我們文組的很不公平，因為等我看懂的時候，我已經沒時間寫答案了。然後那些自然組跨組考生因為『數學乙』考得很好，他們可以用『數學乙』的高分優勢來跟我們文組的人搶頂大財金、國貿的名額。我離我的夢幻學校，愈來愈遠了……」

平常口齒伶俐的我，這次，真的無法回答小壯丁一連串的「為什麼」！

「你跟家教老師說了嗎……」我小聲地問。

「我傳簡訊跟他說對不起……」

「老師怎麼回？」

「他要我不要想太多，好好準備接下來的考試。」

家教老師很懂他，畢竟我們都是一起看著小壯丁長大的。義方曾經私下對我說：「這小孩從以前被他氣死，到現在看著他覺醒，終於等到他長大了！」

這是實話，小壯丁讓人氣死的例子太多，試舉一例如下。

高中會考，多麼重要的人生第一場國考，小壯丁因為太喜歡自己的母校，國二以吊車尾的成績拚到校內高中直升班，就再也不管校外會考。他甚至在會考前一天跟我說：「媽媽，明天會考我考到中午就好，下午的考試就不考了，我要和同學去看電影。」

我冷冷瞅著他看，問：「首先，你們學校明天會派校車接送，你中午就不見了要怎麼跟學校交代？其次，有同學會和你一起中午溜走去看電影嗎？」

他想一想好像沒有這種逃課的同學，於是安分地把高中會考考完。

接著，讓我心肌梗塞的時間點，發生在收到會考成績單那一刻。

我看著成績單上的阿拉伯數字，那是一個把所有科目加起來的總分都達不到一科成績的及格分數。我無法想像這位考生在試場裡發生了什麼事，他穿越了嗎？這種不把考試當作一回事的人格，到底是如何養成的呢？

每次看到小壯丁在青春期的點點滴滴，總讓我回想起自己的少女時代，難道這種「散仙」特質不是人格，而是某種神祕的基因？

我從小愛讀雜書，像吸塵器一樣廣納各種資訊。高一時，學校修女大膽派我參加台北市國語文即席演講比賽。我懵懂代表學校出征，當天抽到的題目是〈我所知道的性教育〉，因為第一次參加即席演講比賽，沒有前例可循，也沒有學姊經驗分享，我憑著自己的想像，把之前看過的健康教育知識放進講稿，上台第一句話就說：「小時候我常常問爸爸媽媽，我是從哪裡生出來的？父母親千篇一律回答：『妳是從石頭縫裡蹦出來的！』我心想，難道我像孫悟空這麼調皮嗎？如果我再繼續追問，爸爸就會開始講神話傳說，例如周朝祖先后稷的媽媽因為踩到巨人腳印而懷孕的故事。但是，這是真的嗎？為什麼大人遇到生小孩這種事會不好意思，可是我們從許多報章雜誌……」

結果我這番胡說八道，竟然讓我得到東區第一名，後續代表台北市參加全國高中生國語文競賽。民國七十幾年是個非常保守的年代，十六歲的我敢這樣毫無忌憚公開討論性教育，似乎也應驗那句老話「初生之犢不畏虎」。

只是小壯丁的膽識似乎用錯地方，他敷衍高中會考的態度，是一種容易誘發媽媽心臟病的叛逆。

英文有句 Late bloomer，字面翻譯是晚開的花，說好聽一點是大器晚成，其實是發展遲緩。我家小壯丁估計就是這類型，他直到一月份學測結束之後才終於領悟，決心投入課業認真複習課本，向大學指考宣戰。偏偏，不幸遇到五年來最刁難的指考社會組數學題型，讓他最有把握的數學竟然成為擊垮自信心的第一根稻草。

「我現在相信命運了。」小壯丁說這句話的時候並沒有看著我，他抬起頭，凝視遠方，他在問天。

我如何跟一個十八歲的孩子解釋命運的無奈？在他這個年紀，不應該存在「命運」這兩個字。十八歲，人生才剛剛起步，是一場蓄勢待發的冒險遊戲，沒有任何人應該被迫輸在起跑點。

數學考壞，已經發生，我試著勸慰小壯丁：「專家也說了今年數學乙題目真的很難，你不會寫別人也不會寫……」我說盡好話，仍然看到小壯丁鬱鬱寡歡的糾結面容。這孩子，過去十八年，他從來沒有為了一件事，煩惱超過八小時。

最後，我跟小壯丁坦誠以對：「媽媽說數學很重要，還請家教來加強，不是為了讓你在數學考試考出好成績。成績上的數字並不重要，最重要的，是希望鍛鍊你的邏輯與推理能力，將來遇到任何事情，能夠立刻整理出脈絡，而不是廢話一堆聽不到重點。」

我稍微喘口氣，放慢說話速度，看著小壯丁的眼睛：「過去幾年，我發現你和我討論很多事情的時候，總是能很簡約地回答我幾個字，或一句話，就完全掌握到事件的核心，我認為這就是數學能力，是數學觀念的訓練讓你可以這麼精準做出判斷。如果你問我，成績真的不重要嗎？我會說，英文成績更重要。英文幫助你國際化，拓展視野，還能夠跟外國人直接溝通，英文成績才是檢驗你有沒有具備基本能力的門檻。至於專業知識，將來可以邊做邊學。」

最後這席話讓小壯丁稍微放鬆臉部表情，只見他思索半晌，我終於看到他的眼睛重新發光，恢復信心對我說：「我英文很有把握，我的語感很好。今天考選擇題的時候寫得很順，作文犯了一個口語的小錯誤，但這不會扣多分，因為作文最重要的是有沒有符合題旨，而且我還做了一個漂亮的結論。」

大學指考第一天，從第一堂數學考試的悲劇開始，我們的內心小劇場就不斷哀樂輪迴，直到下午英文考試結束。

回到家，就像平常一樣跟小壯丁閒扯瞎聊，似乎漸漸挽回他的自信心。

「我看個電視好了！」小壯丁突然說，順手打開電視機，轉到他喜歡的動漫頻道，畫面中出現的盡是凶神惡煞，讓我看了很不習慣，忍不住問：「這個動漫叫做什麼名字呀？」

「《九九的奇幻冒險》！」

在我看來，畫面中人物個個齜牙咧嘴，沒有一個符合我認知的「奇幻」元素。但是對於一個早上在考試受到挫折（而且當事人已經幻想這個挫折將會主宰他未來的選校悲劇），我似乎也無法義正詞嚴地阻止他藉電視解憂。但願小壯丁透過這個什麼奇幻故事，能夠明白，人生確實是一場「久久」的越野馬拉松，在不斷冒險的過程中難免遇到磨難與沮喪，這時候只有意志力能夠讓自己走到終點。而我們母子倆也就是靠著這份信念走到現在，不是嗎？

想讀「船院」嗎

我在八〇年代進入電視公司接觸媒體這一行，從節目製作到新聞採訪，看著台灣媒體在過去數十年的巨大變化，心裡許多感觸。剛好我家小壯丁今年考大學，從年初的學測考試開始，甚至更早在去年底，一群小壯丁們已經開始好奇如何選填志願，要念什麼科系。

「媽媽，我有好多同學都把傳院列為第一志願。」某晚用餐時，小壯丁突然對我說。

「『船院』？是航海相關科系嗎？」我不解地問。

「傳播學院。」小壯丁簡單明瞭地回答我。

「喔！你同學都很有想法，很棒啊！」我回答。伺候青少年，我早已經學會先順毛摸，再逆毛摸，這樣他比較能夠接受「大人」的想法。

於是我接著補充說明：「不過，我不會鼓勵你去念傳播學院，因為我這輩子都在媒體，我太了解這一行。」

「對！我聽妳說過，但是我那群同學都瘋狂的想念傳院，我不懂為什麼，所以想再聽妳的意見。」

小壯丁的語言清楚地在我耳邊繚繞，這是多年來，他第一次主動說「想聽妳的意見」，頓時讓我感覺到一種浮誇與難以言喻的虛榮與滿足，我的心海歡愉波動，但神情需要配合小壯丁的年紀，處處顯示淡定。

「大眾傳播，任何科系畢業的人都可以從事。包括影視、廣告或公關公司。」我先偷偷觀察小壯丁表情有沒有想聽的慾望，以免自己犯下令人討厭的「倚老賣老」老人病。

這小孩似乎還滿專注的，於是我繼續說：「以新聞業為例，只要具備文字表達能力，商學院畢業生來跑財經，法學院畢業跑檢調或政治路線，因為有主修的專業優勢，畢業後如果想從事新聞業，肯定有機會，就算試過了不想再當記者，轉換跑道回去發展原本的專長，也比較能夠立即上手，可謂進可攻退可守。但是，傳播科系畢業，想轉行去做金融分析、資訊科技、甚至法務，都需要花時間重新學習。而且，在台灣，從事媒體這行一定要有非常非常大的熱誠，否則，回饋很容易讓你失望。」

小壯丁點點頭：「我也是這麼想。但是我跟他們說，他們都不聽。」

我笑笑回應他：「年輕人就是要有想法，嘗試各種可能性，我覺得你同學有這份嚮往，現在就能夠決定大學志願也很好。所有的生命都是要自己走過，才能體驗甘苦，得到收穫。」

「他們都把S大傳院列為第一志願。」小壯丁繼續說。

「S大傳院有輝煌歷史，在只有三台的年代，S大畢業生是僅次於C大的錄取生。」我還是忍不住搬出將近四十年前自己考大學的經驗。

「不過，我還是那句老話，我希望你能念一個有校園的大學，就像你現在念的高中一樣。」接下來說出口的話，才是我最衷心的願景：「你不覺得每天走進視野遼闊又綠樹環繞的校園，就算接著要面對繁重的課業和複雜的人際關係，但是看到寬廣的校園風景，在不知不覺中，會讓心情開朗許多。這是我對你將來選擇大學的唯一要求，我希望你在大學教育裡不只是學習專業，也能學會海闊天空，人生不是只有讀書這件事，更多時候，是我們看待這個世界的方式。生活中的一點一滴都在形塑我們性格的寬容或狹隘，我希望你是走向愈來愈寬廣的方向。」

十八歲的小壯丁，耐心僅限於聽到他想得到的答案。當我說到後面那段「大學校園觀」的時候，他已經顯得心不在焉。

或者是青少年的耐心有限，或者是男孩子覺得媽媽做事情如果像男人一樣果決會讓他產生認同混淆。我承認，大多數時間我是一個愛撒嬌的媽媽，但是遇到人生重大關卡時，母兼父職的雙重人格讓我必須堅定，冷靜分析。青春很短，荷爾蒙喧囂，這個階段每一步都有可能走成過河卒子，歪了就是歪了，甚至有去無回。

我自己年輕時經歷過茫然，浪費許多時間質疑這個世界給我的難題，缺乏勇氣與鬥志。如今，我希望這些徒然不要再發生在小壯丁身上。而我能做的，就是以身作則。回首這些引發感觸的新聞播報台照片，年輕的我，是這麼認真做著新聞播報前的準備工作。專心是我面對所有工作的態度，以及嚴格的自律與自我要求。

我想這一切，小壯丁應該有偷偷看到眼裡，要不然他不會來問我一聲：「我想再聽妳的意見！」

減壓偏方

小壯丁生病了。他說口腔破了四個洞，而且肚子痛。再加上他前陣子精挑細選一個運動錶準備帶進考場看時間，因為是自己選的，心愛得不得了，還許願能一直戴到大學畢業，結果買來不到一個星期，昨天在學校睡個午覺起來，發現錶面裡的品牌標籤脫落，掉到數字6的位置。這個品牌標籤就像掉落的商店招牌，懸在時間之外晃來晃去。讓他病得更嚴重。

作為準考生母親，此時必須務實思考，距離大考剩下二十四天，身體健康最重要，任何狀況都要預防勝於治療。

我安慰小壯丁：「我們去看醫生，順便退貨，再採買一些食物回家。」

結果醫生第一句話就說：「快要考試了哦，壓力太大了！你放輕鬆，最近不要吃豆類和牛奶，飲食清淡一點。」醫師只開了整腸藥就讓我們離開。

這時候我突然想起前陣子和一位地位崇高的大作家對話，那位大作家的女兒念康橋國際學校，他的朋友圈的孩子也都念頂尖學校，當他聽說我兒子念的那所學校以治校嚴謹聞名時，他問：「妳兒子的壓力也很大喔！」

我回答：「沒有耶，他從國一開始每天都很快樂去上學！」

「那是因為妳沒給他壓力！」大作家做出結論。

「壓力」是個非常深奧的名詞，我一時之間不敢下定義。且讓我用一個生活小故事來詮釋。

回到小壯丁生病這件事，經過醫生診斷原來是「壓力」造成，我才意識到大學指考這件事，還是給小壯丁的生活帶來不少刺激。他一方面鞭策自己奮力一搏，一方面又對考試結果缺乏自信。就在這種矛盾與茫然交織的情緒中，他還願意與我對話簡直就是恩典。

然而這樣的對話卻是……

「你盡力就好！」我安慰他說。

「對啊，有時候我也會想，像妳智商一百四十七，結果還不是現在這個樣子。」小壯丁回答。

現在這個樣子？現在是什麼樣子？我的內心小劇場忍不住翻騰，但是我很明白，小壯丁有話直說，而且過去十八年，我們都是這樣坦誠溝通，從來不隱瞞或偽裝任何情緒。

「我現在這樣子是因為性格軟弱，為情所困，這輩子都太心軟，所以錢被騙光。」我老實告訴這個十八歲男孩：「我不希望你跟我一樣，所以我才會辭掉工作全心全意陪伴你，希望你能有自信心與安全感，不要像我受盡童年創傷的折磨。」

長篇大論說完，還是想要檢測小壯丁的心理素質。於是我問：「你呢，你有沒有自信心與安全感？」

「我不知道。」小壯丁回答。

「你一定要有。否則我的辭職就沒有任何意義了。」

雖然我的語氣是「你一定要有」的命令句，但是聲調平緩溫柔，有點像是深夜廣播節目，那種想盡辦法催眠聽眾的溫柔。

因為，跟十八歲的男孩說話一定要順毛摸，即便他「犯上」都要軟綿綿而且很有策略地把話題拉回原點。這過程最重要的是必須先忽略自己的情緒，因為小壯丁在投出暴投的大壞球同時其實也在拋擲自己內心的不安。要知道，四壞球最後都是保送上壘。

高智商是否成就高社經地位是一個獨立的命題，小壯丁每次拋出一個命題的時候，我都會腦筋急轉彎把這個命題背後的意義尋找出來，尤其是十八歲的青少年。妳若真心愛他，即使他面無表情都會讚美為淡定，反之就會覺得「陰陽怪氣」；妳若真心愛他，即使他凡事敷衍也會為他找理由解釋是散仙或射手座個性，反之則是「都不為別人著想」。

我愛他，是永遠不會改變的真理。

我當然也有情緒，但是因為太愛小壯丁，願意滿身泥濘挖掘出那條繼續對話的道路，和他攜手並進。我愛他，記得他說過的每一句話；好的言語，我把它剪貼到腦內最深刻的詩情記憶區域；壞的，我願意焚身燃燒沼氣運轉發電機，讓小壯丁看見即使垃圾都有機會變成黃金。

十八歲的小壯丁已經開始有壓力，作為他的母親，我現在能做的除了陪伴就是傾聽。而且我常常洗腦自己，永遠記住十二歲的小壯丁曾經不只一次跟我說：「媽媽，將來如果我說話讓妳不高興，那不是真正的我，那是青春期的關係。老師說，荷爾蒙會讓青春期變得很奇怪。」

當然，荷爾蒙，已經是一個無解的難題，如果再加上升學壓力，那麼小壯丁的嘴巴會破四個爛瘡也不稀奇。但是他還是願意陪我去採買食物，而且幫我提東西。

對了，大作家也提到他現在如何與青春期的女兒對話。大作家說：「每次我要跟女兒講道理的時候，我會先跟她說：『把拔現在需要妳的十分鐘。』」

我問小壯丁，下次我要跟你說道理的時候，也這麼做如何？

小壯丁回答：「一件事有必要解釋這麼久嗎？」

那麼，我把所有的口頭報告都簡化到一秒。

那就是：我愛你。

總會找到優點

小壯丁國文成績不甚理想，他每次在聯絡簿裡的造句練習都很奇怪。例如題目是「乏人問津」，他的造句是：「小明是班上的人，做事總是乏人問津。」

題目是「打家劫舍」，他的造句：「這裡的治安糟亂，打家劫舍成了盜匪每天的例行公『式』。」最後一個字被班導用紅筆圈起來，同時留言「今日造句第一名」。我雖然滿頭霧水，但是也尊重這位主修生物的班導適時給予鼓勵。

題目是「兩全其美」，他的造句是「他做什麼事都兩全其美。」題目出「兩敗俱傷」，他的造句是「他們打起來一定兩敗俱傷。」題目出「刮目相看」，他的造句是「我對他刮目相看。」

小壯丁的世界似乎是一種極簡主義的美學觀。

比較有創意的大概是「如影隨形」。小壯丁這樣寫：「他倆天天如影隨形地走在一起放閃，真是夠了……」或者出題「虎背熊腰」，小壯丁的造句是「小安虎背熊腰，他的胸肌有八十塊，腹肌有三百二十塊。」這當然是超越銀河系範圍的想像力。

不過某天清晨，他在口語表達中突然冒出一個成語，終於讓「我對他刮目相看」。

為了規劃大學選填志願的方向，前陣子我帶著他向許多長輩請益。其中一位是台大畢業後留美的化學博士。因為這位叔叔在生技產業與金融界有著豐富歷練，因此請他給予小壯丁一些建議。小壯丁收穫非常多，會談後他決定放棄學測入學，再給自己一次機會去拚指考。

他跟我說：「媽媽，叔叔有在練身體，妳看他的肩膀線條，還有二頭肌都快從襯衫裡蹦出來了。」

什麼？我從來沒有注意過。而且，小壯丁是不是劃錯重點？我的目的是超前部署作好生涯規劃，不是健美先生指南。

「媽媽，他幾歲？」小壯丁問。我說我不知道，不過應該比我大。

「那也五十多了，真不容易。我看他也有胸肌，那個應該是有『經年累月』的重訓。」

我聽到的關鍵字是「經年累月」。

這位學測國考作文成績C的小壯丁，其實還是懂得運用幾句適當的成語，作為口語表達時精準有力的呈現。

至於小壯丁夢想的八十塊胸肌和三百二十塊腹肌，我並沒有修正，也捨不得讓他幻滅願景。《中庸》有云：「取法乎上，僅得乎中。」企圖心是一條康莊大道，縱然我們經常走成羊腸小徑，然而，各自有各自的美好。至於我，就是小壯丁的樹蔭，無論他把人生走成什麼樣的道路，我永遠在旁邊守候，只要他還需要一個遮陽歇息的地方。

別怕文言文

距離大學指考還剩下一個月，小壯丁突然跟我說：「媽媽，我的英文和數學都準備得差不多了，現在就是國文沒把握。文言文我實在看不懂。」

當時我正在喝咖啡，同時閱讀著一本論述後現代主義的漫畫書，聽到十八歲的孩子主動與我攀談，那可真是莫大榮幸！

於是我立刻放下手中書籍，跟這位準考生說：「文言文是一種審美，是精準的文字藝術，它是用來品味的。比方說：『惟江上之清風，與山間之明月，耳得之而為聲，目遇之而成色，取之無禁，用之不竭。是造物者之無盡藏也……』」

我的話還沒說到如何審美，小壯丁已經回應：「這是蘇軾的〈赤壁賦〉，我們念的是〈後赤壁賦〉。」

「不管前後左右，這意境很美吧！」我說：「你體會意境就好。」

「我就是無法體會。」小壯丁的回答有些落寞。

此刻我和準考生產生了「共感」！老實說，有些文章我也無法體會，甚至不太喜歡，例如袁枚的〈祭妹文〉，我個人就覺得太濫情了。

「你們課本還有選錄袁枚的文章嗎？」我問。

「沒有。」他回答得很乾脆。

「喔！」我心裡不知為何湧現一股惆悵。即便我不是那麼喜歡〈祭妹文〉，但是聽到課本裡又少了一篇文言文，總覺得彷彿被人斬斷某個四肢似的，隱約有股障礙之感。

我嘗試為古文做出現代詮釋：「其實古文就是審美，是一種情感投射。文言文使用的是比較精準的文字。你不需要全部懂，只要感覺得到那意境就好。」

「我完全看不懂，所以沒有感覺。」準考生在考前一個月這樣回答我，讓我有股想撞牆的衝動。

為母則強，我不能這麼輕易被擊倒！即便小壯丁用「無法體會」、「看不懂」、「無感」等修辭回應我，作為一個媽咪，我試圖採取務實的策略來幫助他突破文言文的「盲腸」。

「那麼，試試看，找出一篇文章的關鍵字。」

「我找不到關鍵字。」他說。

「你把課本拿來，我找幾個例子跟你說。」現在變成我再接再厲。

「課本放在學校。」

這個答案此時出現的有點尷尬……

我只好再舉例：「又比方說，我最喜歡的莊子曾說過：『舉世而譽之而不加勸，舉世而非之而不加沮……』

「莊子〈逍遙遊〉。」準考生突然有了興致。

「好像是出自〈養生主〉，或〈齊物論〉，我忘了！那不重要，重點是我非常喜歡這句話。」

「所以妳是道家思想囉？」小壯丁問

「現在有一點。」我回答：「但是我以前是非常典型的儒家思想，你知道嘛，富貴不能淫，貧賤不能移，威武不能屈之類的。這些跟現在的生存哲學，卻像是有點違背了。」

「所以法家最好囉？」他繼續探問。

「也不一定。要對應狀況。先秦諸子、百家爭鳴的時代，也會尊重每個人的思想，那是我最嚮往的古代……」我話還沒說完，準考生突然離開餐桌，跑去看手機。

談到古文還可以聊這麼多，其實我已經很滿足。

十八歲的準考生，在大考前的最後關鍵，願意提出看不懂文言文的焦慮，我覺得這也是一種紓壓。透過對話，我聽到他雖然無法掌握文言文的關鍵字，或坦承疏離感強烈，然而當他能夠聯想到莊子的〈逍遙遊〉以及探問「妳是道家思想？」一時，屬於他的心靈活動其實已經展開。

文學從來不遙遠，文言只是媒介，重點仍在審美的心靈。我不要求孩子一字一句死背古文，這樣的作法與「美」太遙遠。只要任何時候，他都願意從莊子聯想到〈逍遙遊〉，從江上清風聯想到〈赤壁賦〉，我認為，這就是一種審美的心靈活動，就值得給滿分。

助你快樂

我家小壯丁在寫作文這件事情上是個天馬行空的創意家，他十二歲時送給我和外婆一盒巧克力與親筆賀卡作為母親節禮物，上面寫著：「助你們母親節快樂！」

我問：「知不知道寫錯字了？」

「我故意寫錯的。」小壯丁毫不猶豫：「我想『助』妳一臂之力。」

那時候聽了真窩心！雖然一個月後，小壯丁拿回國小畢業紀念冊，我看到裡面特別為媽媽製作的留言板，小壯丁又寫出：「妳是我人『身』最好的禮物。」

「你知不知道又寫錯字了？」

這次小壯丁呵呵一笑，什麼也不解釋。我則是一廂情願幻想他應該是愛我愛到想塞回我肚子裡，才會寫出「人身禮物」。

我始終認為寫作文是件快樂的事！就算寫錯字、表錯情，也還能夠置之一笑，那更是不言而喻的哲學境界。也因此，小壯丁念國中、高中的求學關鍵期，我從來沒有特別指導他如何寫作。我覺得如果孩子真心喜歡寫作，自然會認真耕耘聯絡簿裡的心情札記小方塊，呈現特色，有感而發。而不會是小壯丁這種豪邁的驚人之語，例如「蛋疼」，以及「懶惰走得極慢，不久便會被貧窮趕上」。

我問他這句是原創嗎？他聳聳肩回答我：「不知道哪裡看到的，就記下來了。」

在小壯丁的成長過程，我總是鼓勵他盡情發揮想像力。結果，他剛念國中一年級時，向我逐一背出班上座號一號到四十五號，每個同學的名字，並描述其特徵。

他形容有個同學「臉很軟」，眼睛瞇瞇的，戴眼鏡。或是「臉很圓，標準的圓」。

「是像小玉西瓜那麼圓嗎？」

「比那個還圓，無法挑剔的圓。」小壯丁回答我。

國文始終不是小壯丁的強項，但是他數學和英文還不錯。有次他放學回到家，在吃晚餐的時候，很高興地告訴我：「媽媽，數學周考我都會寫。」

他似乎對自己在國一新班級的表現感到非常滿意，接著又說：「感謝家教老師拉我一大把，要不然我現在還是天涯淪落人，像蘇軾和張懷民一樣。」

張懷民是誰？

我若無其事繼續吃飯裝作很懂。

在日常生活裡，我最喜歡傾聽小壯丁的童言童語，也默默觀察孩子的內心世界，避免發生偏差行為。

學測考試前夕，我突然發現小壯丁的筆跡不整齊，甚至有點醜。我有感而發對他說：「大考中心的閱卷老師，通常有幾個標準來看作文給分，其中一項就是字跡，一般而言，字跡整齊會有加分的效果，因為這是第一印象，其次當然是文章中的起承轉合。」

沒想到小壯丁突然脫口而出：「我知道，大考作文就是要討好老師。」

我聽到了兩個很敏感的字：「討好」。

我認為刻意「討好」任何人都是一種把自己奴化的行為。通常我們在團體維持和諧，是基於尊重與友善。如果需要「討好」某人，這意味著並非處於公平的環境。

我對小壯丁有這樣的想法感到憂慮。沉思半晌，平靜地對他說：「考試仍然是目前最公平的檢驗。參加考試憑藉實力，作文也只是一種表達思想的工具，有能力寫出一篇說服讀者的文章並不是在『討好』，而是『思辨能力』。」

小壯丁似乎在專心聆聽。

我看著學測考試前徬徨猶豫的小壯丁，態度逐漸轉為嚴肅：「所以，不要覺得考大學學測作文是為了討好老師而寫，那不是討好，那叫做『策略運用』。拆解題型、意見表述、修辭優美都是寫作策略，最終目標是為了得到高分。而得到高分的目的，也是為了替自己爭取更多更有利的條件。這是面對考試的『策略』，你從來就不需要寫一篇假惺惺的文章去『討好』任何人。」

這番話說得小壯丁低下頭來，我猜他聽懂了。於是接著申論：「討好是一種委屈。我們不需要委屈自己去討好任何人。但是社會是現實的，我們必須要有策略去對應各種狀況。」

結果，小壯丁學測作文成績勉強均標。

至今，我仍然珍藏著小壯丁求學時期的每一本聯絡簿、周記本、塗鴉作品，甚至他寫給我的小紙條。因為我喜歡真實的他，那個在日記裡暢所欲言，時常天外飛來一筆、最愛說真心話的小男孩。例如上完最後一堂游泳課，他寫出：「我會想你的。」或是直言校外教學行程很無聊，結果老師眉批：「我改了這麼多篇，你是唯一說實話的。」

二〇二一年我應台中市政府文化局邀請在「城市閱讀系列」裡發表一場演講，主題是「改變視角」，內容聚焦在《貓咪寫週記》這本書，以擬人化的貓咪視角看待人間情事。演講最後安排小壯丁現身說法，以年輕人「視角」來看待寵物。

首先我問他：「如果我們養的第一隻貓伊伊成為貓瑞，繼續活著，你覺得她會不會和現在豢養的貓咪東坡成為好朋友？」

「所以是奶奶對孫女的概念是嗎?!」小壯丁立刻反應。

這句話一出現，好有畫面感，我忍不住笑出聲來。

「如果伊伊真的當上貓瑞，那牠那時候大概也要坐……貓有輪椅之類的東西嗎？伊伊應該會躺在那邊，看著東坡跑來跑去！」小壯丁不疾不徐地回答。

我的腦海裡突然浮現出寧靜適合養老的阿爾卑斯山巒！這感覺太溫馨了！也只有小壯丁能夠接住「貓瑞」的梗，而且對應出貓奶奶與貓孫女共享天倫之樂的結局。他首次和我共同參與公開演講，就能夠發揮想像力，對答簡潔扼要、輕鬆有笑點。同樣是表達能力，我認為一個人能夠遇事冷靜，幽默以對，這樣的才華比起寫出高分作文而言，才是更令我欣慰的處世之道。

有進步就是加分

躬逢高中畢業最可以擺爛的暑假，小壯丁卻在七月十七號這天一反常態的早起。

清晨六點十五分，大考中心將考試成績傳到我的手機，小壯丁看了一眼，明白大勢已定，任何期望的僥倖都沒有發生，我們心裡都清楚落點可能會在哪幾個學校，接下來，就是謹慎填寫志願表，每一步都不能再有差錯。

返校聽取志願說明會這天，小壯丁早已經領到高中畢業證書，然而他還是歡喜走進這所陪伴他度過六年光陰的母校。不像我，在那個一切以升學為主的青春期，每一所學校的畢業典禮都被我當作謝謝不想再聯絡的告別式，總是故意請病假不參加。

班導陳老師告訴我，考前最後一周，他想請孩子們喝珍珠奶茶，結果這群學生擔心亂吃東西會導致考前身體不適，紛紛拒絕班導的好意。

「他們真的很努力，也盡力了。」班導師憐惜地說。

七月二十八號繳交志願卡，我再三確認小壯丁的排序，從夢幻學校到務實科系，至少填上七十五所。班導師為了協助孩子落實繳交志願卡，特別在期限前一天開放學校電腦教室，讓孩子到學校去，由老師做最後確認，一起在網路上遞交志願表格。小壯丁繳交志願卡之前拍照給我看了一下，他最後填了九十九個。

從七月四號指考開始，一路忐忑焦慮，後悔或無奈的情緒，終於在遞交志願卡之後放輕鬆。當天小壯丁就和同學去看電影，吃晚餐，用玩樂的心情沖淡大局已定的處境。

八月七號大學放榜這天，同樣是個高溫溽暑的夏日。大考中心統一公布榜單時間是八點整，我一如往常在六點半起床，為小壯丁準備營養早餐。

距離放榜還有五十分鐘，小壯丁的房門突然打開。他穿著居家休閒的吊嘎內衣與短褲，在客廳、臥室、廚房之間走來走去，一會兒喝水一會兒開冰箱。我說早餐做好了放桌上，他也沒去吃，就像個長腳怪似的在屋裡晃來晃去。

到了七點五十五分，他乾脆直接搬了一張椅子來到我身旁，與我並肩坐在書桌前，盯著電腦瞧。

和我肩並肩坐在電腦前，這是小壯丁十三歲以後再也沒有發生過的事。上次同樣的動作是我教他如何瀏覽網路教育平台資源。那時候，他的身高和我差不多。

我知道他很緊張。雖然我已經想好一百種安慰他的說辭，但是身高一百八十四公分的小壯丁突然搬張椅子坐在我身邊，這種壯漢的依賴，霎時也讓我感覺到些微不安。

「八點鐘放榜。」我鎮定地跟小壯丁說：「你這樣子讓我也很緊張耶！」

小壯丁沒說話，他靜靜地坐著，眼睛直直盯著電腦螢幕。

我將瀏覽器頁面設定在「一〇九大學考試入學分發榜單公告暨分發結果查詢系統」的視窗。時間進入倒數計時，七點五十九分。

秒針一格一格無聲無息追著時間，那些不著痕跡的歲月流逝，那些我們曾經共同經歷的磨難與歡悅，每分每秒，都刻印在我的心裡。再過幾秒鐘，小壯丁的大學科系落點就會出爐，彷彿他這一輩子的努力都將在這一秒獲得回饋，他能選擇的學校是他過去付出的努力所累積，好或壞，都需要由他自己承受。

八點整時間一到，立刻登入……

大考中心官網當機。

小壯丁有點焦慮，但是他沒有任何聲息與話語。任憑我不斷輸入身分證字號、准考證號碼、網頁也不斷重整又重整，就是無法進入查詢系統。我能感覺到身邊小壯丁的心跳加速，而我也是滿頭冷汗。因為，我們兩人都懷抱著最後一絲希望！那就是在親眼看到正式榜單結果之前，始終不放棄任何可能更好的想像。

八點零六分，我們找到另一個可以連結的網站，我平常打字超快，卻在這一刻顫抖著手指，謹慎輸入准考證號碼。螢幕上瞬間出現的文字，正如之前預估的落點，沒有意外發生，也沒有奇蹟出現。

小壯丁沉默了半晌，我感覺到他的落寞。螢幕上的答案是最適合我們的，但不是他最想要的。

「Baby，這是早就在我們預期之內。」我試著安慰他，但是我能感覺到這似乎讓他的惆悵更加倍。

「我要去駕訓班了。」小壯丁丟下這句話，起身準備出門。

「Baby，無論如何，你都是成功的！想想看，這所大學的資管系，你提出書面申請的時候就被淘汰了。現在能夠以指考成績高分錄取，表示你這三個月的努力確實有很大的進步，這就是最好的肯定。Baby，媽媽很為你感到高興，媽媽很以你為榮！媽媽愛。」

小壯丁不說話，他點點頭，富含膠原蛋白的清秀臉龐仍然擠不出笑容。他默默地讓我擁抱，親吻臉頰，平靜地出門。

原本以為我們母子在二〇二〇年遭受考情與疫情的嚴峻挑戰是僅此一次的考驗，沒想到事隔一年，二〇二一年的考生更辛苦！

好友說：「我家女兒怨嘆的說：『生於SARS，畢業於COVID 19，課綱改變無法重考，沒有成果發表會，沒有畢業典禮，沒有畢業舞會。』……」

「他們是SARS那年出生的喔？」小壯丁聽聞下一屆學妹悲慘的遭遇之後，說：「沒有畢業舞會還好，沒有畢業典禮就……直接參加大學的吧！」

「我是覺得不能重考真的很嚴重！還好你最後衝刺考上國立大學。」我說。

「對啊，那時候我第一次學測模擬考四科四十八分，指考模擬考五科三十分。排名全校倒數第二，最後還是可以拚上來。所以，沒有高中畢業典禮，就直接參加大學的就好了。」

我一下子聽不懂小壯丁的神邏輯，但是我有聽到關鍵字「全校排名倒數第二名」……

我忍不住問：「你剛剛講的是個什麼樣的數字概念？」

「那個妳不懂沒關係！」小壯丁說：「反正最後是有進步的！」

輯四

十八歲

畢業典禮

小壯丁即將高中畢業！

回想過去十八年，我從來沒錯過他生命中任何一個重要儀式。家庭聚會、親友餐敘、生日趴踢，及至從幼稚園開始每一階段的畢業典禮，更別提那些校外教學、各式運動比賽，還有升學考試。

我的信念很單純，想陪伴小壯丁童年的生命歷程。

當他還只是個八十公分的小不點兒，我跟著他參加校外教學，因為擔心小壯丁不會照顧自己，萬一被老師忘在公園裡，或者在外面亂吃有毒的東西，這個打擊我承受不起。他小小年紀參加網球、桌球比賽時，我在觀眾席聚精會神關注他每一個動作，每一次揮拍，我希望他明白無論輸或贏，媽媽永遠都會在旁邊為他鼓掌，而且露出比他更堅定的笑容。因為參加競賽的目的從來就不是為了虛榮心，而是要讓自己明白世界上有一種崇高的運動精神叫作「勝不驕、敗不餒」。

十八年來，我從未缺席任何一個學期的家長會，即使我不太和其他家長打交道，也沒和老師攀關係，我的出現，只是想讓老師和其他家長知道，我有多愛這個孩子，再忙我都會為他把這一天空下來，親自到學校裡，看他每天撫摸的桌子、打掃的教室和相處的人群。

小學畢業典禮那次，也許因為畢業生只有十三個人，又都是同一個社區的住戶，師長們彼此都太熟悉，有些人甚至互為鄰居，因此完全沒有離情依依的感覺。當校歌的音樂聲響起，畢業生都沒有哭，反而是我，一想到即將要離開經常彼此幫助的媽媽們，忍不住掉下眼淚。

三年後的初中畢業典禮，小壯丁依然搞不太清楚「畢業典禮」的意義。也許因為他會繼續留校直升高中，也因此，初中畢業典禮對這群小壯丁們來說，就只是一場學校辦的家家酒，大家行禮如儀之後，還是跟從前一樣上課。

面對初中畢業典禮，小壯丁唯一認真的事情是擔心自己會在典禮這天忘記帶畢業禮服，因此將畢業袍捲成一團亂亂塞入儲物櫃（據說一堆男生都這麼做），以便當天取用。

那時候他正值最怪異的青春期，這麼慎重的畢業典禮，他竟然叫我不要去，還附帶一句：「人那麼多，而且中午我要和同學去吃飯。」

我才不管他的中二病。當天我不但準時出席，還緊緊盯著他那一班的班級舉牌，在典禮結束後穿越重重人潮過去找他，終於拍到幾張狼狽的合照。

上千人的會場，我一眼就瞧見他穿著那件皺亂凹凸，全身沒一塊區域平整，堪比皺褶時尚大師三宅一生淘汰作品的畢業禮服。我又驚恐又發噱！因為小壯丁根本就是把一綑漂成明黃色的酸菜披在身上，這種畫面出現在隆重的畢業典禮，我實在不知道該不該承認我是小壯丁最賢慧，而且很會燙衣服的媽媽。

又過了三年，小壯丁即將取得高中畢業證書，邁向人生另一個全新里程碑。二〇二〇年遇到新冠疫情，讓我一度擔憂可能無法在他十八歲的夏天，繼續成就我們母子共同的美好記憶。所幸，學校決定如期在六月十三號舉辦畢業典禮，但是家長無法進入會場，只能透過網路直播參與典禮全程。

雖然因為疫情我無法在會場內親自為他的班級和所有畢業生鼓掌，也受限於規定，被隔離在禮堂外的草地與騎樓旁，頂著大太陽，線上觀看畢業典禮，但是我仍然滿心歡喜，與小壯丁在同一個時空中，共度他人生最重要的時刻。我一邊看著手機轉播，一邊忍不住在螢幕前掉下眼淚。過去十八年陪伴我的小壯丁一同成長，終於等到他的成年禮這一天。從前拍照是我將他摟進懷裡，現在起，換我依偎他的肩膀。

當網路直播進行到頒獎典禮時，我明白我家寶貝從來就不是學霸，沒機會上台。但是這不重要，重要的是我愛他！而且永遠都是如此！於是在這股濃烈的愛意支持下，我毫不猶豫地在網路直播留言板寫下：「曉安我愛你，你是我心裡永遠的第一名。」

狂喜送出文字訊息之後，才覺得好像有哪裡怪怪的。仔細看公開的留言板上，其他家長留言最多的都是「以你為榮」，其次是「恭喜畢業」。只有我一個人在這裡大膽示愛，公然又狂妄地寫著「我愛你」，好像是小壯丁的女朋友。

典禮結束，看到成群走出禮堂，穿著筆挺畢業服的畢業生們，再次心有靈犀，我一眼就瞧見我家小壯丁和幾個同學緩緩走向家長區。

我買了一朵玫瑰花送給他，祝賀他畢業快樂！這一次，十八歲小壯丁跟我說：「媽媽，外面太熱了，妳可以到教室吹冷氣等我。」

「我想陪你。」我說。

「我還想跟幾個同學在這裡晃一下。」小壯丁這麼說。

當時豔陽高照，我最怕曬，因為我是黑肉底，每次曬到太陽都要三年才能代謝麥拉寧黑色素，曬太陽簡直是愛美人士的天敵。但是這次，我頂著正午時分的熾熱陽光，跟小壯丁微笑說：「我跟你一起去！我幫你們拍照。」

就在高中畢業典禮這一天，他竟然沒阻止我的熱情，不但讓我跟著他到處串門子，還在合照的時候讓我擁抱他，緊緊靠著他的肩膀。

最後我們回到教室裡和老師、同學們再次道別。離開教室時，我倆站在教室前廊俯視整個校園，靜默許久。

小壯丁說：「這風景我看了六年，現在要離開了。」

我說：「這就是人生，每個階段都有每個階段的風景。」

我們就這樣肩並著肩，靜靜地倚著陽台欄杆，眺望遠方。

一路走來，都是如此。

慶祝小壯丁高中畢業，中午我們一同去吃他最喜歡的握壽司，點了一罐冰涼的啤酒，他身上的制服都還沒脫掉呢！

這一天也許只是三百六十五天當中的某一天，但是對我們母子而言，是個意義重大的一天。

吃飯時我們聊到畢業典禮這件事，小壯丁說：「我們班有個平常很酷的同學，我以為他會叫他爸媽不要來，結果剛剛遇到他，我問他：『你爸媽沒來喔？』沒想到他竟然跟我說：『爸媽沒來還是有點怪怪的。』」

我懂小壯丁的意思。人生中某些重要時刻，耍酷並不能填補所有的意義，錯過的遺憾無法重來，這才是空虛的原因。

此刻我和小壯丁應該歡樂，因為我們還有彼此，至少在這唯一一次的高中畢業典禮，我們相伴，沒有錯過。

我試著讓氣氛輕鬆點，隨口問小壯丁：「他爸媽很忙喔？」

小壯丁說：「他爸爸是機師，媽媽是空姐。」

我說：「哇！那他一定長得很帥！」

「對耶！他真的長很帥！」小壯丁又吃了幾個握壽司，突然有感而發：「沒想到就這樣畢業了。」

「是啊！」我順著他的語意說：「下一次畢業典禮是四年後了。如果順利一點有可能提早到三年，如果很不順利，有可能延遲到六年！」

他嘴角一撇，忍不住偷笑。

我們就這樣邊吃邊聊，吃完後順便到樓下超市採買一堆肉粽，再慢慢回家。

日子依舊照常，但是有些事情已經發生化學變化。成長是件不可逆的過程，最重要的是我們到現在都還在一起。而且，我相信，我們永遠都會在一起。

到處走來走去

隨著各級學校陸續開學，「史上最長暑假」終於步入尾聲。不知為何，我這幾天料理三餐，在砧板上切著各種生鮮肉類或蔬菜水果，竟然會有股想要掉淚的衝動。

彷彿應驗那首名詩：「相見時難別亦難，東風無力百花殘」的滋味。李商隱這首〈無題〉詩，從字面上很容易理解為一往情深的執著，但是也有另一說是詩人寄喻宦途有志難伸的委屈。無論如何，以愛情作為易容術，總能夠輕易滲透內心最幽微、最纏綿的惆悵。而此刻的我，自然是為了小壯丁即將遠行而產生的分離焦慮。

因為疫情，這個暑假我們天天都在一起。家居生活是一種平淡如白開水卻又關係著身心健康的補給品，無論情侶或是親人，最終還是要有這樣的體認，無論感情有多麼濃烈，雙方各自保留空間才能容納氧氣。就像過去三個月，我與小壯丁朝夕相處，我持續閱讀與寫作，小壯丁待在自己的房間裡和朋友「語音」聊天或看影片。某日我異想天開按下碼表計時，發現小壯丁整天跟我講話的總時數沒有超過三十分鐘。

剛開始有點心酸，真希望自己是遠方那個透過語音陪小壯丁聊天超過十小時還能開懷大笑的人；但是轉念一想，可我現在才是那個真正陪伴在小壯丁身邊二十四小時，可以抱他親他看著他吃飯喝水的人。

究竟是哪一種相處才是真正的快樂呢？我沒有答案。

我相識的熟朋友，都喜歡調侃我和小壯丁。小壯丁十八歲生日過後，好友們不約而同恭賀小壯丁，都是同樣的意思：「你經歷過這種媽媽的訓練，以後再也不怕遇到各種女人。」

我承認我的教養比較隨興，管不動孩子時會自己哭，興致來的時候又愛鬧。小壯丁念小學時我們住在山上，夏季蟬鳴非常劇烈，尤其在清晨與黃昏。某個傍晚，我與小壯丁走在山路，集體蟬叫聲不斷從樹林間湧來，氣勢震撼磅礴到讓我耳鳴頭暈，牽著小壯丁的手似乎也受到音頻波動而搖晃不已。

「這是魔音穿腦。」小壯丁先我一步說出同樣的感觸。

既然魔音合體呼嘯來襲，我環顧四周無人小徑，乾脆也集丹田之氣，舉頭仰望天空，準備長嘯與夏蟬呼應。我深呼吸一口氣，張開嘴巴，大聲喊出語音拉長的「喂」……像是要把肺活量訓練器吹滿吹好的那種連綿不絕……

「妳不要呆呆了。」十歲小壯丁立刻阻止我。

我才不理他，繼續抒發思古幽情，體會酈道元在《水經・江水注》描寫長江三峽：「每至晴初霜旦，林寒澗肅，常有高猿長嘯，屬引淒異，空谷傳響，哀轉久絕。」的滋味。

於是我再度仰天長嘯：「喂……」

那時候的小壯丁非常天真，他不會因為身邊的母親把自己「擬猿化」而逃跑，反而更加握緊我的手，與我一起走完回家的路。

古人常說「一葉知秋」或「見微知著」，提醒我們人無遠慮必有近憂。現在我和小壯丁講這些，他會跟我說：「妳想太多。」

小壯丁念國中的開學第一天，按照慣例我親自送他上學，帶領他認識新路徑。我陪著他搭乘捷運，再轉公車去新學校上課。也許是從小到大住在步行到學校只要五分鐘的距離，國中轉換到離家很遠的新學校，讓他有點不適應。

我們才剛走出捷運站，需要過馬路到對面去換公車。小壯丁不耐煩地問我：「媽媽，公車站很遠嗎？」

我指指前方：「你瞧，就在哪兒，一整排都是公車站牌。這還遠嗎？」

「確實不遠。」他說。

我接著說：「看得到的地方都不遠，看不到的地方才遠。」

「什麼意思？」

我伸出手臂，指向一望無際的蒼穹藍天：「看到那兒嗎？那是外公住的地方，總有一天，我也會去那兒找他。所以，看得到的地方都不遠，看不到的地方，比如願望、理想的實踐，才是真正的遠方。」

「妳又來了，有病。」小壯丁說。

從那一刻起，我就明白，小壯丁已經正式進入青春期。

無論是作為一個母親或是小說家的孩子，時候到了都要開始走出屬於自己的新路徑。而我的角色無論是母親或小說家，放開手讓他去闖才是真正的藝術。

小壯丁高中畢業的暑假，和他過去所有的人生暑假一樣，睡到自然醒，然後吃飯，或者出去玩。小壯丁小時候還需要媽媽牽著手到處趴趴走，現在，他和同年紀的朋友們相約，探索世界的奧妙。

有一次我忍不住問小壯丁：「你又沒有零用錢，出去都能玩什麼呀？」

小壯丁說：「就到處走來走去。」

「在哪裡走來走去？」我腦海裡的行腳畫面是山間路徑，鳥語花香的漫步。但是小壯丁很俐落地回答我：「街上。」

「Window shopping？」我又找機會跟他烙英文。

「不是。」小壯丁做出結論：「街上走來走去。」

原來十八歲男孩的世界觀，類似法文的 flâneur，意思是無所事事的漫遊者，也貼近我最喜愛的美國作家愛倫坡的小說作品〈人群中的人〉。這篇小說描寫一個人觀察到另一個人，決定跟蹤對方整晚卻一無所獲的故事。無論是漫遊者或是人群中的人，其符旨都在敘述處於群體中的個體，皆有好奇心與孤獨感。

關於到處走來走去，宋朝詩人蘇東坡將這份意境上綱到人生向度，詮釋得最耐人尋味：「人生到處知何似，應似飛鴻踏雪泥。泥上偶然留指爪，鴻飛那復計東西。」

所以，小壯丁放暑假，整天和我說話不超過三十分鐘也沒關係，至少我們現在還在一起。即使將來各奔東西，我只知道，只要小壯丁感覺到快樂，那就是我的快樂。無論他走來走去到哪裡，請不要忘記我的愛。值此八月十五前夕，更是要深深吟唱：「但願人長久，千里共嬋娟。」

我們這麼親

十八歲男孩，總有著「愛你在心口難開」的矜持。

五月的第二個周五晚上，小壯丁突然跟我說：「媽媽，星期天是母親節，但是我晚上跟李義方老師約了加強數學，所以要到八點多才能回到家。如果妳有什麼活動，要等我到這時候。」

當時正是二〇二〇年大考前的最後衝刺，距離指考日期只剩下一個半月，小壯丁願意主動加強數學是非常上進的行為，理應得到支持與鼓勵。但是這年齡的青少年幾乎處於一種「被動式」生活習慣，今晚他這番論述，和平常說話的遣字造句很不一樣，特別是出現了幾個關鍵字，例如「母親節」、「活動」、「等我」……

啊！我明白了，青少年拐彎抹角跟我講話，原來是有言外之意。

「你的意思是要吃母親節大餐啊？」我這麼回答他：「咦，一般不都是兒子請媽媽吃飯嗎？」

「我沒錢。」小壯丁反應很快。

「那就不出去吃了。我們就像平常在家一樣吃啊！」我也爽快地回答。

於是這個母親節，我確實沒有特別準備。盤算著當天家裡還有現成的博多拉麵調理包，中午就簡單吃份日式拉麵，晚上則準備肉絲炒飯、蠔油牛肉片，還有之前煲好的蔬菜排骨湯。

其實「母親節」吃什麼並不重要，而是在用餐的時候，小壯丁最容易卸下心防和我聊天。對話內容通常隨便開始，天氣、貓咪、鄰居、甚至失手做出難吃的菜都可以是話題，就是輕鬆地閒話家常，天南地北，葷腥不忌。

我最擅長從聊天中探索他的「三觀」，技巧在於專心聆聽，關注這年齡的孩子如何看待世界，在小壯丁有限的同溫層所遭遇的每件生活瑣事，他是以什麼樣的邏輯去處理與面對？再由他的應對態度，理解孩子的情緒控制，當然，還有那些他不讓我進入的「同溫層」裡都是些什麼樣的朋友

聊著聊著，他跟我說：「媽媽，我的皮膚、身高、體格、肌肉都很好，這應該是小時候，我都早睡早起的緣故。要不然，我現在不會長這麼高！」

我說：「對啊！而且絕對不讓你碰含糖飲料。要不然，你現在可能橫著長，

不知道胖成什麼樣子。」

小壯丁接著說：「妳還不准我吃泡麵，說一個月只能吃一次。要不然，我現在可能滿臉青春痘，就像我朋友一樣。」

「你朋友都滿臉青春痘啊？」

「是啊，他們每次都看著我的臉，想找我臉上的青春痘，好不容易看到一顆，就會說：『小安，你終於長青春痘了！』然後，這個痘子第二天就消掉了。他們都覺得不可思議。」

「我懷孕的時候，最後幾個月天天喝蓮藕水呢！聽說這個可以清胎毒，所以你出生的時候，一粒脂肪球都沒長過。」我驕傲地說。

小壯丁靜默半晌，說：「我現在很多『深層記憶』開啟了！」

深層記憶？那麼，你記得我有多愛你嗎？

小時候，他最喜歡我在睡前讀一本繪本《猜猜我有多愛你》，整整讀了半年之久。每次讀到「愛你愛到繞月球一圈再繞回來」，小小壯丁就會露出滿足的笑容，抱著我睡著。

每次和小壯丁一起吃飯，我最常掛在嘴邊的一句話也是：「媽媽愛你。」

我已經忘記小小壯丁在念國中以前是如何回答我的，然而，自從小壯丁成為青少年以後，他通常都會這樣講：「又來了。」

「怎樣？」我也不甘示弱：「我已經說了八十萬次嗎？」

「不只。」他接得更快。

那次他說完「不只」之後，我們兩個人都哈哈大笑。

我深深眷戀小壯丁的深層記憶，無論它有沒有被開啟，我知道它永遠在那裡。

「我有時候反省，我做媽媽還是做得不夠好。」

「妳已經夠好了，至少妳有關心我。」小壯丁突然迸出這句話。

啊！這小子果真明白我的心。剎那間我滿心歡喜愉悅，嘴角牽絲快要掩飾不住慈母的微笑，但是表面仍然不動聲色。

「這倒是真的！」我平靜地敘述：「而且我還每天做飯給你吃。」

我突然聯想到親子關係中的「關心」是最基本的質地，小壯丁這句話是不是有語病？

「有人的父母親不關心他們的孩子嗎？你身邊有這樣的朋友嗎？『不關心』要怎麼表現？」我追問著，因為好奇。

但是這一連串追問顯然讓小壯丁意識到隱私權的侵略，此時他稍微頓了一下，眼睛跟著轉了半晌。我感覺到他不想深入這個話題，也許是想要保護他的朋友，或者，覺得別人家的事情，我們不需要太八卦。

「並不是每一個家長和孩子都像我們這麼親。」小壯丁最後定調。

於是我也跟著他的語境繼續發揮想像力：「喔……那，你什麼時候可以『親』到讓我再牽你的手？」

「三十歲吧！」他說。

「那時候，你可能牽不到我的手，而是要幫我推輪椅了。」我又開始演出幽幽的內心戲：「我們不牽手，你讓我勾你的手臂也行，我喜歡勾手臂，你長得和我一樣高的時候還讓我勾你手臂。」

「或者……」小壯丁說：「等我懂得珍惜的時候，我會讓妳這樣做。」

我接著說：「你有沒有聽過一句話叫做『樹欲靜而風不止，子欲養而親不在。』」

「我們距離那一天還很久。」小壯丁這次眼神不轉了，他非常堅定：「因為我看妳生命力也滿強的。」

愛的安定力量

小壯丁準備念大學了！前幾天他跟我說：「媽媽，學校竟然九月七號才開放選課！」

「你這麼迫不及待想看看有哪些課呀？」我問。

「我還蠻期待開學的。」小壯丁說。

聽到這句話，我彷彿吃進一顆百憂解，突然覺得整個世界都開朗起來！

小壯丁接著說：「我們宿舍很不錯，好像有個廚房，我可以自己煮東西吃。」

「你們學校有很多好玩的社團，還有各種演講，班上有五十六個新同學要認識，再加上大一必修課程，你根本忙不完了。」

「我要參加排球社！」說完，他在我面前使出一個發球的動作。

我從來沒想到念大學會是一件這麼讓人興奮的事情！回想起自己當年考大學時多麼茫然，也完全不知道自己的適性是什麼，要念哪個科系？當時做出的決定，純粹是為了滿足父親的期望和不敢到外地住校而妥協的選擇，我念了一個沒有興趣的學校與科系，整整折磨兩年，才轉學考進我真正喜歡的清華中語系。

即使我比同班同學虛長兩歲，剛剛到新竹住校時，還是有著嚴重的新環境適應不良症狀，在清大的第一年都是獨來獨往。雖然轉學生家族在學姊的熱心帶領下有過好幾次聚餐，也認識許多新同學，但是大部分時間，我都是一個人徘徊在教室與寢室之間。

「以前我住校的時候，每個星期都會回台北的家。」我幽幽地對小壯丁說。

「妳是不是沒朋友？」小壯丁秒回。

「好像是欸！」我說：「我有強烈的新環境恐懼症。」

沒想到我這麼孤僻的個性，竟然還能夠教出對人際關係充滿自信心的小壯丁。他甚至拿出學校新生群組的通訊紀錄給我看：「開學之後的迎新會，我們會安排抽籤，看看誰會做我們的直屬學長姊。」

「你不會焦慮嗎？」我忍不住問。

小壯丁用鼻毛看我，顯然他認為這個問題根本不值得煩惱。

記得小壯丁剛出生七個月罹患急性尿道感染，因為高燒住院，每天清晨六點半主治醫師巡房，看到病房裡的小病患，無論孩子是睡著或清醒，醫師都會摸摸孩子的頭，觀察嬰兒反映。每次小壯丁在沉睡中被醫師搖醒，他都會睜眼微笑，讓醫師忍不住稱讚：「這孩子的個性很好。」

小壯丁一歲半剛剛會走路，有回我帶他出門散步，行經仁愛路圓環，看到某間標榜德國教具的全腦開發課程，順便帶他進去體驗。沒想到只有十八個月大的小壯丁竟然可以規矩地坐上三十分鐘，專心聆聽老師教學。

「我們規定學生至少要滿兩歲才能上課，安安雖然只有一歲半，但是他可以保持安靜，專心上課，這樣就可以報名了。」班主任說。

很久以後我才發覺這應該是補習班的話術，因為小壯丁雖然上過兩年全腦開發課，但是他在十二年國教裡的成績從來沒有名列前茅。

如果人生是一場 SWOT 分析模組，那麼，小壯丁最大的優勢應該就是樂觀。他雖然在校成績中等，但是打從念小學起就喜歡上學，直到就讀有升學壓力的國中，他每天早上也會帶著笑容，和我 Kiss bye 之後出門。傍晚回到家，共享母子晚餐，也會和我分享「校園記事」，直到高中畢業。

念教科書這件事，對許多人恐怕都曾經是個陰影，因此，我從未要求孩子必須考前幾名，我只告訴小壯丁，考試成績只是用來檢驗自己努力的程度。我覺得在面對考試這件事，我應該從來沒給過孩子壓力。呃！每當我說出這句話，總會受到某些人指教：「妳說這句話的時候就是在給孩子壓力。」

我獨自把小壯丁撫養到十八歲，我比任何人都清楚什麼時候該給他壓力什麼時候絕對不能。教養是一段如人飲水，冷暖自知的過程，這裡面沒有保證成功的祕訣，但是有一項肯定會得到回饋的，就是付出愛。

曾經有個朋友跟我說，所有的小孩到了三歲就會變成狗都嫌。當時我還問她「狗都嫌」是什麼情況？她說，在便利店裡他要的東西妳不買給他，他會在地上打滾哭鬧逼到妳買給他為止。

我戰戰兢兢等待那天的來臨。終於，小壯丁三歲時，我們母子手牽手，第一次走進便利商店，我買礦泉水，他卻看上了一個槍械扭蛋玩具，售價九十九元。

他說他想要。

我蹲下來，看著小壯丁的眼睛，和緩地告訴他：「這個東西現在不適合你，我怕你會不小心吞下去噎到。」

接著，我還要努力演出喉嚨噎到東西翻白眼的生病表情。

三歲小壯丁微蹙眉頭，他不放棄，又去挑了一個玩具風車。我依然保持平靜，優雅地跟他解釋：「這是傳統童玩，媽媽小時候也玩過，材料很簡單，我們回家一起自己動手做會更有趣喔。」

最後，小壯丁挑了一個健達出奇蛋。我依然微笑表示：「媽媽回家會做更好吃更健康的甜點給你。這個太甜了，而且價錢超過我們的能力。」

耐心周旋的結果，小小壯丁終於不再堅持非買不可，安靜地與我相偕走出便利商店，不吵不鬧，狗都愛。

教養孩子的過程當然不是那麼順遂，我也經常脫稿演出，尤其是小壯丁五歲到十歲時，漸漸懂得人事。我直到整理照片時，才從孩子臉上的表情發現，那時候的小小壯丁很不快樂。

我們很難用「一切都過去了」來終結所有的不愉快，但是我們可以用「明天會更好」來鼓勵自己。只要不絕望，任何困境都會出現希望。

就像成績從來不是最頂尖的小壯丁，從學測考試結果只能申請私立大學的程度，一路進步到指考考上國立大學理想科系。最後三個月的衝刺，靠的只是信任與陪伴。任何時候，只要他願意付出努力，我奉獻愛，所有的結果都會是最好的結果。以前是這樣，以後也會如此。

我是你學姊

小壯丁在家裡翻箱倒櫃找襯衫，我在一旁默默觀察他的動作順便研究行為科學。我覺得這場景有點像卞之琳的名詩〈斷章〉：「你站在橋上看風景，看風景人在樓上看你。明月裝飾了你的窗子，你裝飾了別人的夢。」

他終於開口說話：「我被學長姊點名要去主持迎新晚會。」

難怪要找襯衫穿，當活動主持人確實不宜隨便穿棉T。

聽到這消息我比小壯丁還興奮，不禁脫口而出：「什麼時候，我可以去嗎？」

沒想到小壯丁急躁地回答：「迎新活動沒有家長會來。」

「你不要跟人家說我是你家長！」我繼續拗他：「我可以校友的身分參加！」

「妳又來了，以後我什麼事情都不要告訴妳。」小壯丁說話的分貝有點上揚。

如果是演出瓊瑤連續劇，這時候女主角的眼睛應該會含著晶瑩的淚珠兒，欲泫欲泣地哽咽說著：「我只是想去看著你，為你加油鼓掌，鼓勵你。就像你小時候參加的每一項比賽，每一場表演，媽媽都會靜靜在台下，在你身邊，看著你。無論成功或失敗，我都會陪伴你，就是這樣而已。」

我確實說完這一大段真心話，但是我沒有流眼淚。我覺得青春期的男孩應該不吃這一套了。

「沒有家長會來。」小壯丁冷靜地回應我。

「我不是家長！」我還在腦筋急轉彎：「廣義來說，我也是你學姊。」

「以後我什麼事都不跟妳說了。」小壯丁已經重複第二次同樣的論述。

這個嚴重了，我趕緊閉嘴，真怕他以後什麼事都不願意開口。我雖然曾經跟小壯丁朝夕相處，早就心有靈犀，但是我畢竟尚未練成神通觀心術，他若果真惜話如金，一個字都不透露，就算我再冰雪聰明，也只是自己一個人對著木人樁練詠春拳，見招拆不了招，說到底又是回到基本功。

「好嘛，我不會去的。」這時候一定要放棄「為母則強」的本能，「能屈能伸」才是談戀愛的王道。

「Baby 加油！」我露出甜蜜的微笑用這句話作為結語：「媽媽愛！」

小壯丁已經十九歲，正邁向成就自己作為男子漢的旅程！我的羽翼已經遮掩不住他的雄心壯志，他即將振翅起飛，我只能安靜地做個二十四小時點亮明燈的機場，隨時等待他回家。

「放手」的智慧我還在學習，但是我相信一段關係的建立，首要在於信任（尤其是伴侶）。對我而言，一旦確認接受這段關係，伴侶的光榮就是自己的光榮，任何時候都會開心為他鼓掌。當然，伴侶的憂愁更是自己的憂愁，任何時候都會安靜陪伴他甚至掉淚。

我身邊有些夫妻總是為小事爭吵，經常出現否定另一半的對話，例如「你以為你有多了不起」或「跟你說什麼你都不聽」。我認為，一個人只有在無法處理自己的情緒時，才會投射那些負面的語言。

我個人是不願意接受一個無法處理情緒的人對我投射那些負能量，因為我從小就被迫承受過多來自大人們的情緒投射。我不明白為什麼有人會對一個單親家庭的小女生說：「妳沒有媽媽就是野孩子」；或在只有六歲的孩子面前批判老夫少妻的婚姻：「妳爸爸是老牛吃嫩草。」導致我終身都在為修復童年創傷奮戰，卻也因為與意志力戰鬥的過程，讓我更堅信我唯一的成就就是絕對不讓同樣的悲劇發生在親生骨肉的身上。

《馬太福音》中最有名的譬喻是：「天國好比人撒好種在田裡；及至人們睡

覺時，有仇敵來了，將稗子撒在麥子田裡就走了。」稗子是一種類似麥子的雜草，又稱毒麥，種子有毒。然而稗子的外觀幾乎和麥子一模一樣，必須等到吐穗時才能分辨兩者的不同。這段經意在闡明「分辨」以及「等待」的重要，正如同我對小壯丁的身教言教。我判斷事情的大是大非，態度理性堅定，但是對於人的好壞卻容易感情用事，就像面對稗子與麥子，需要時間輔助。如今，我已經用了五十多年的光陰來認識有毒的稗子，走向終點的人生，要學習的是如何徹底剔除生命中的有毒物質。

愛的能力就是我的處方箋，所以我總是跟小壯丁撒嬌，大聲說愛。

某次我們在視訊時，我看著我的寶貝影像近在咫尺，卻摸不著也抱不到，忍不住哀怨傾訴：「媽媽好想你，你想不想我……」

原本我以為小壯丁又會用沉默是金那一招敷衍我，沒想到他只停頓兩秒，回答我：「肯定。」

「肯定」這兩個字讓我滿心歡喜，暈陶陶地凝視著手機畫面裡的他，露出傻傻的笑容，所有的冰雪聰明都在這一句「肯定」裡融化了。那一刻，山崩海裂都不重要，只要看著你，就是我的永恆。

家裡好舒服

小壯丁大學住校兩周後首度返家，當我們正在享用「媽媽的味道」時，他脫口而出的第一句話是：「家裡好舒服。」

霎時間我心裡歡樂到九霄雲外，快憋不住得意的笑！但是，腦中另一個維度立刻跳出青少年作戰計畫，硬是按捺住爽感強迫自己表現出若無其事的模樣。

因為應付十八歲的孩子，要等他自己願意說話才會是真話，那些我問你答，百分之九十都是敷衍。

小壯丁看我如此淡定，終於打開金口，又問：「妳現在都幾點起床？我知道妳以前都是為了我早起，現在呢？」

我還是裝作沒聽到，專心吃我的盤中飧。

「我明天早上七點就要起床，因為和同學約好要去看九點的電影，我必須搭乘七點半的社區公車下山。」小壯丁繼續說。

嗯！嗯！我滿口青菜，囫圇回應。

小壯丁又說：「我真的不知道以前我為什麼能夠每天早上六點半起床！而且連續那麼多年！」

「因為你有旺盛的意志力。」我終於敞開金口：「這就是國民基礎教育必須訓練的常規。」

小壯丁回應：「我現在都是早上八點二十分起床。」

我問：「你們第一堂課幾點開始？」

「九點十分。」

我計算了一下時間，早上八點二十從床上翻滾下來，還要穿衣服，準備課本與隨身物品，再騎腳踏車穿越一望無際的校園抵達教室，而且不能遲到，區區五十分鐘怎麼足夠？

「你有沒有刷牙洗臉？」我很注重衛生習慣，小壯丁嬰兒時期，還沒長牙，我就會用乾淨的溼紗布清潔他的牙齦。

「當然有，而且我還要吃早餐。」小壯丁回答。

就這幾句話，讓我理解為何小壯丁要問我幾點起床？我推測他其實每天都想睡懶覺（哪個人不是這樣？）但是，大學生活只是清晨比國、高中時期多睡兩個小時，而且還沒有媽媽這個人肉鬧鐘叫起床。當然，更沒有媽媽為他準備好三明治、蛋餅、蔬果精力湯迎接一天的開始，而且這個叫做媽媽的生物的意志力非常驚人，堅持十八年在他出門的那一刻，必定擁抱他並親吻臉頰說聲「媽媽愛」，天天上演 Kiss Bye 的親情倫理大戲。

「家裡好舒服。」小壯丁又說了一次。

我們的家沒有什麼裝飾，大型家具都是房東的，我只是愛乾淨，東西陳列還算整齊。被小壯丁形容的「好舒服」，我認為這不是指物質環境，而是心理狀態。

我們的日子再儉約，任何時候小壯丁回到家，我都會為他準備好食物，也許是一碗蔥蒜醋溜麵，也許是蛋炒飯，也許只是抹上奶油的烤麵包，絕對不會讓他餓著。當然，如果他回家的天數較長，我會先燉好他喜愛的紅燒牛肉或是排骨湯，以及新鮮蔬果，讓他盡情回味「媽媽的味道」。

我生小孩以前從來沒有下過廚房，結婚前都是吃爸爸煮的菜。我的父親疼愛女兒但是從來不會甜言蜜語，加上我是長女，他對我期望太高，幾乎把我當兒子養。印象中他對我說過最甜蜜的一句話可能是：「再不濟了，回家還有爸爸的老米飯可以吃。」

家裡永遠有飯吃，是我複製父親的經驗。那些來不及對父親撒嬌的甜言蜜語，今生唯恐再也沒機會說出的愛，則是全部傾注於兒子身上。

在過去十九年的情感實驗室裡，我理解到表達愛更需要技巧。愛是平等的，絕對不是命令句。當小壯丁說出「家裡好舒服」時，絕對不能跟他邀功說「還不都是我在顧家」或者故意吐槽「你現在才知道」。我的作法是，含情脈脈看著他微笑，然後說：「我也這麼覺得。」

因為，我們永遠站在同一邊，無論家裡舒服不舒服，我的世界，只要有小壯丁，與他在一起的地方，那裡就是最美麗的天堂。

料理心機

我像是欣賞一件藝術品，看著小壯丁吞食我為他準備的晚餐。我的姿態百分百呈現高齡老嫗的各種元素，行動遲緩，眼神迷茫，癡傻呆滯，凝視目標，嘴唇蠕動半晌，終於喃喃自語：「我好難想像，當年在我肚子裡窩了十個月生出來的寶貝，怎麼一轉眼就變得這麼大顆了！」

小壯丁無動於衷，繼續專心吃碗裡的焢肉飯。

「Baby，你同學的家長還有沒有像我這樣天天說我愛你，動不動就要抱抱親親的？」

小壯丁吞下嘴裡佳餚，彷彿認真思索這個問題，不到三秒，回答：「他們都自己一個人住了。」

「我不太懂這意思！」我說：「Baby 你們都還沒到法定成年的二十歲，怎麼有能力靠自己在外面生活？」

「有些是家長拿錢給他們叫他們出去住；有些是跟我一樣每天在家耍廢，也沒人管。」小壯丁解釋。

「家長拿錢叫他們出去住，是住到哪裡？」我好奇地進一步詢問。

「淡水。他們念淡江。」小壯丁回答。

「這是在學校附近租房子，不是叫他們搬出去住。這種租屋通常簽約都是一整年，即使放假了他們也可以繼續住。不像你們學校宿舍，寒暑假必須騰空。」我這樣分析。

「合理。」小壯丁簡單回應。

「至於那些和你一樣在家耍廢的小孩，他們的家長是上班族吧？白天要出去上班，當然沒辦法煮三餐，這不是沒人管，這是要自己找飯吃。」

「也對。」小壯丁說。

接下來我就該適時住嘴了，因為今天跟小壯丁說話的字數已經將近一千字。再多說下去，青春期男孩就會開始不耐煩。

自從年初，我們共同迎接小壯丁念大學後的第一個寒假，卻萬萬沒想到，這簡直就是一場災難的開始。

起初我還懷抱憧憬，想重溫我們母子倆相依相偎的甜蜜時光！及至我發現他守著電腦以及「語音」交友的時間遠遠超過對我的凝視。甚至，當我跟他「報告」農曆春節的行程規劃時，他會敷衍回應：「我在忙！」彷彿電腦螢幕出現的是台積電股價，或是正在跨國視訊會議。

我的內心小劇場很多獨白：「你在忙？我不忙嗎？」

有沒有人想過，每天豐盛的餐點是怎麼變出來的？剛放假時，我盡心盡力變化三餐，從烤鴨、披薩、火腿三明治到牛排、薯泥、煎魚、排骨湯，五色蔬果，讓小壯丁盡情享受家的溫暖。結果，熱衷線上遊戲的他，每天竟然只剩下吃飯的時間會走出房間與我面對面。

既然如此，那些費盡心思的創意料理也就省省吧！於是，我花了整個下午燉出一鍋紅燒肉，同時利用五花肉的油脂熬煮出香濃滷蛋，心裡卻打著如意算盤，這鍋肉，應該足夠小壯丁吃上一個禮拜，每天就讓焢肉飯與肉臊麵交叉出現，塞飽他的肚腸。至於青菜，也以水煮淋上肉汁，另外搭配新鮮水果，順便撒上幾顆核桃、杏仁、腰果，符合衛福部「每日飲食指南」的食物分類與建議用量。

某日逛菜市場買了幾條鯧魚。也不知是自己嘴刁還是魚類生態改變，總覺得現在的白鯧魚沒有過去那麼香。但是，小壯丁看到餐桌上出現久違的乾煎鯧魚（這是他小時候最愛吃的菜餚之一），竟然就在我轉身進廚房削水果的瞬間，把整條鯧魚啃食得乾乾淨淨，只留下可以做標本的魚骨頭，儼然《老人與海》的實境演出。

飽足的小壯丁一邊啜飲媽媽特調雞尾酒，一邊悠悠然有感而發：「家裡好舒服。」

這是他第N次在我面前說「家裡好舒服」。我第一次聽到他說這句話，是在他剛開始住校的第一個月，後來間歇聽他說過幾回，這次又在我連續讓他吃了三天紅燒五花肉之後，他還是說出這句話，著實讓我有點心虛。怎麼我用養豬的心態對待他，他還是覺得家裡很舒服。

即便我已經成為獨居老人，隻身守護這個家與住校的小壯丁談著「遠距戀愛」，除了盼望他時常回家，其實，我更期待他能學會照顧好自己，真正成長為一個負責任的人！即便他回家的次數愈來愈少，甚至好不容易放假了還是選擇陪伴電腦的時間多過於陪伴我。但是，只要他一說出「家裡好舒服」這幾個字，就像是魔咒加持著我要更努力，更堅強。尤其在疫情影響工作機會全數停擺的當下，為了小壯丁，為了讓他永遠都能有個舒服的家，即便心機用在廚房料理，也絕對不能放棄意志力，必須振作下去。

追劇栗子頭

二〇二〇年的清明假期，適逢小壯丁學測成績揭曉，那陣子，他徘徊在繼續參加指考或遷就學測成績隨便塞進一所大學的關鍵生涯。恰好當時韓劇《梨泰院》正火紅，特別是第一集正由男主角的高中生活展開，血氣方剛又具備正義感的青少年，巧合投射了小壯丁現實生活的縮影！於是，我們母子倆共享的第一場追劇儀式，就從男主角那顆造成時尚風潮的「朴世路栗子頭」開始，同時也藉著追劇，暫時遺忘現實世界的煎熬。

雖然我沒有看完全劇，但是對男女主角的造型印象深刻。時光荏苒，一年後的小壯丁已經是大學新鮮人，當四月清明連假再度來臨，他也規劃了返鄉之旅，回到台北時，我發現我的寶貝似乎哪裡不太一樣。

「媽媽，我這趟回家最重要的事情就是要去剪頭髮！」小壯丁說：「頭髮再這樣留長下去我要變成嬉皮了！」

「來！」我拿起智慧手機，瞄準我的寶貝：「我幫嬉皮拍張紀念照。」

小壯丁還真的配合擺出幾個姿勢讓我拍照，他似乎也想為這頭茂密的濃髮留下調研紀錄，因為：「頭髮長看起來很憔悴。」

「頭髮長看起來像阿伯。」我回答。

「差很多！」這句話明顯有著抗議的意思，但是小壯丁的語氣非常平淡。

第二天，小壯丁先去剪頭髮，之後和我相約某間餐廳一起用餐。當這孩子出現在我視線時，我以為我走錯餐廳。我們明明約好碰面的地點是間印度餐館，但是他出現時的造型，讓我以為來到韓國梨泰院的小酒館。

他剪了一個「朴世路栗子頭」。

新造型。

小壯丁甫出生時頭髮就非常濃密，我一直猜測可能是跟我懷孕時特別愛吃黑芝麻有關。那時我總帶著他到華視附近，熟識的家庭理髮院給淑瑩阿姨剪頭髮。淑瑩細心又謹慎，每次都花上半個多小時，為小壯丁剪出帥氣的西裝頭。小壯丁從出生到念幼稚園都在這裡剪頭髮，直到我們搬家為止

後來再也沒遇到像淑瑩這麼好的髮型師。印象最恐怖的一次，是在新住處附近巷弄的一間理容院，那位初識的理容阿姨動作非常粗魯，喀擦喀擦沒幾下，就

把小壯丁的耳朵剪出一個洞，瞬間血跡斑斑。小壯丁當時只有六歲，乖乖地坐在理髮椅上，他看到耳朵流血時連眉毛都沒有皺一下，倒是我立刻阻止阿姨繼續揮動剪刀，說：「這樣就可以了。」

「一百塊。」這位美容師還是伸手跟我要錢，而且一句道歉都沒說。我擔心繼續跟她糾纏會演出現代「烏盆記」，連忙丟下一百塊紙鈔像撒冥紙一樣抱著孩子逃離現場。

小壯丁念國中時，學校規定男生的髮型是十二分，也就是長度一點二公分的平頭。這意味著小壯丁在未來三年，再也不能留著瀟灑的西裝頭。

落髮典禮那天，我特別拍照留念，十二歲的小壯丁笑得很不自然，在阿姨舉起剪刀的那一刻，他幽幽地抬起頭跟我說：「媽媽，就像我要剪成沙悟淨一樣了。」

念高中之後，小壯丁愈來愈有自己的想法，即便校規仍然維持髮禁，但是他們這群青少年總是有辦法把平頭剪出新造型。雖然在我看來，這些花樣變來變去始終像個美國海軍陸戰隊的大兵，但是小壯丁總是指著腦頂門上的短髮，充滿自信地說：「媽媽，妳不懂，大兵的頭髮不像我這樣可以旁分。」

小壯丁十二歲念國中，開始學習獨立上下學，我就不再接送和陪他剪頭髮。

很多事情也差不多在這個年紀開始放手。

他小時候洗完頭髮，都會湊過來嚷著要我幫他吹乾頭髮。吹頭髮一直是我們母子最親暱的時光，小壯丁只要躺在我的大腿上，讓我輕輕撥弄他的髮梢，在吹風機轟轟作響的音效伴奏下，我們母子仍然可以輕鬆對話。我會從他的頭皮味道研判他最近吃的東西是不是太腥羶，而他會跟我分享他喜歡的洗髮精味道。

小壯丁直到剪了平頭，洗完澡後還會拿著吹風機走過來，說：「媽媽幫我吹頭髮。」只是，現在吹乾頭髮的時間不到三分鐘。而且他的體型愈來愈壯碩了，過去總是趴在我腿上或斜倚著我的胸膛的姿勢，也愈發不合乎人體工學。漸漸地，我也不再看到他洗完澡之後，拿著吹風機跑來找我的身影。

這次，小壯丁剪完「朴世路栗子頭」的隔天，突然在我做瑜伽倒立動作時跑來問我：「媽媽，妳看我還是把額頭吹起來好了。」

每次只要小壯丁找我說話，任何時間，我都會立即停止當下的動作，認真與他對話。於是我調整頭下腳上的姿勢，恢復正常，與他雙眼平視，盯著他的臉瞧了幾秒鐘，說：「這樣也好看。」

「妳覺得我露額頭還是不露額頭好？」他又問。

「兩種都好看。」我說。

「我在寢室就把頭髮吹起來，去上課的時候再把瀏海放下來。」小壯丁做出結論。

「你的意思就是上課要像演梨泰院，下課才是舒服的自己。這樣會不會太累啊……」我這句話還沒說完，小壯丁已經跑回自己的房間去了。

難怪人們都說「三千煩惱絲」，就連平常很淡定的小壯丁遇到這事也難免優柔寡斷。不過我留長髮倒是沒那麼多煩惱，而且我會自己剪頭髮。反正頭髮很長，剪壞了就綁個馬尾束起來，等它下一次留長再說。

栗子頭、三分頭、西裝頭或嬉皮頭都沒關係，小壯丁永遠是我最愛的小壯丁，只要不會被剪刀剪到寶貝的耳朵，無論他是什麼髮型，我永遠愉快欣賞。

小壯丁師父

我是愛好和平的天秤座，最怕硬碰硬，我不喜歡衝突，特別是面對別人失禮的行為，我經常無言以對，年紀稍長勉強學會露出從容的微笑，然而大多數時間仍然選擇保持沉默。如果說我在這年紀還能學會一點淡定，那麼我必須要恭稱我家小壯丁一聲「師父」！

某次晚餐我失手做出一道沒燉爛的酒釀紅糟五花肉，結果卻親眼看著十三歲的孩子使用咀嚼蒟蒻的精神震動雙顎，齒間不斷發出Q脆的聲響，只為了將硬邦邦的五花肉咬碎，還可以連吃兩碗白飯，讓我像看著北歐神話似的看著小壯丁演出絕美的諸神黃昏。這道詭異的五花肉連我自己都不敢吃進嘴裡，小小壯丁竟然能夠一口接一口賣力吞嚥，那一刻讓我油然產生騰空漂浮的虛榮心，深刻體驗到就算是美食的世界末日來臨都無法抵擋我們之間的真愛。

有次我煎完鮭魚，用剩下的油來煸牛腩肉，我以為這樣可以增加豐富的

Omaga3，再加上之前聽好友建議，在清燉牛肉時加點魚露，可讓味道更鮮美。以及我過去曾聽過某位主廚說，任何料理加入蠔油都會變得好吃。我心想，蠔油和魚露都是海鮮萃取調味料，鍋中油脂也來自海鮮，若是我把牛肉先用煎魚剩下的油煸過再去煮，就可以同時攝取多元不飽和脂肪酸，成就海陸合體牛肉湯，可謂一箭雙鵰，一舉數得。

於是我又開始發揮實驗精神，除了牛肉預先加味，因為沒買到新鮮番茄，我也首度在牛肉湯裡置入從來沒使用過的罐頭番茄。其他備料則是如同往常，滿心歡喜以為可以再創個人廚藝高峰，做出高檔牛肉湯。

然而，當壓力鍋開始嗶嗶作響，就在味道飄散的同時，我即刻明白這次的創舉絕對徹底失敗，因為那是一股我這輩子沒聞過的奇味。這根本不是食物的香，伴隨壓力鍋聲響的是禽畜絕望的吶喊，滿溢著瀕死的神祕氣味，彷彿質問做菜的人：「你到底怎麼了，為什麼連死都不讓我們這些牛與魚好好的死？」

當我掀開鍋蓋的一剎那，我更不敢相信眼前出現的是究竟牛肉湯還是廚餘？這種山海合一又經過壓力鍋強迫融合的料理，形成我從未見識過的稠糊湯物，表層甚至出現類似分子料理的泡沫狀，而且這第二階段的味道，同時帶領我進入第二境界的修羅場，那簡直就是把水牛和鮭魚綁在一起開同樂會的恐怖華麗。

當晚小壯丁回到家，我立刻向他告解：「媽媽好傷心，我把牛肉湯做壞了。這可能是你去住校前，最後一次喝到媽媽做的牛肉湯，我覺得好沮喪。」

「沒關係！」小壯丁說：「只是做壞了還可以吃吧？我只要有很多肉就可以。」

我不斷想要補救這道失敗料理，但是我的烹飪數據量實在不夠豐富，毫無頭緒。當天晚上，我先挖出一些牛肉，另外用奶油爆香大蒜、洋蔥丁，再加入羅勒（九層塔）與罐頭番茄，試圖變化成為西式的羅宋牛肉湯。很不幸的，魚的基因已經滲入牛肉纖維，再多的加料都無法壓抑這種味覺錯亂。

「牛肉湯怎麼有魚的味道？」小壯丁吃了一口之後問。

「呃……因為我用煎過鮭魚的油煎了一下牛腩肉。」

「哦！」小壯丁不疾不徐地形容：「原來是魚油牛肉。」

無論是魚油牛肉或蠔油牛肉，鍋子裡的基底是成本上千元的牛腩，以及我花費好多時間切絲的洋蔥與胡蘿蔔，經過高壓烹煮，精華都融入湯汁中，放棄實在好浪費。於是我虛心地問小壯丁：「你還願意喝湯嗎？」

他說可以。

但是，當我把半碗濃湯端給小壯丁，看著他皺緊眉頭，一口接一口像是喝毒藥似的吞進嘴裡，當下讓我覺得當年蘇格拉底被諭令喝毒藥賜死的態度，可能都比小壯丁從容許多。

「我只能喝這一碗。」小壯丁如囑喝完他碗裡的濃湯，接著冷靜地對我說：「這個湯我是不會喝了，妳也不要喝了，就丟掉吧。」

他分析得很有道理，是我不放棄，還在想辦法挽救。下一次，我將剩下的牛肉加入紅酒燉煮，總算稍微挽回自信，但是，那鍋海陸精華濃湯仍然是條通往地獄的奈何橋，即使我放進冷凍庫裡也無法讓嗅覺與味覺的記憶龜裂，每看一次傷心一次，最終仍然步入小壯丁的預言，全部丟棄。

十八歲小壯丁的冷靜與沉澱，實在比我高明太多。當他愈長愈高壯，遇事冷靜，不輕易受情緒左右，也許那時候，我該換個方式撒嬌，改口稱呼他一聲「師父」！

輯五

量子愛情學

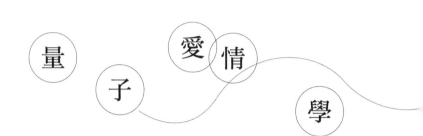

戀愛指南

「初戀？」聽到這兩個字，多數人容易瞬間催生力比多，變得激情起來。我不只一次聽到同樣的問題：「小壯丁談戀愛了嗎？」

古希臘哲學家亞里斯多德認為，年輕人談戀愛屬於享樂友誼：

年輕人結交朋友的動機顯然是樂趣，因為年輕人靠情緒來引領生活，而且往往會追求他們覺得愉悅的事物，以及當下的目標。而讓他們覺得開心的事，會隨著年紀增長而改變；也因此他們交朋友快，不當朋友也很快，因為他們的感情會隨著帶給他們樂趣的事物而改變。

這段亞氏觀點，或許可以解答很多人對「初戀」感興趣的原因。

小壯丁從國中到高中的同學、好友，我幾乎都知道名字。這群「小壯丁」們的風花雪月，我也一路從他們十二歲聽到現在。最近小壯丁跟我提到他的好友L準備考轉學考。

「L念哪裡？」我問。

「文化法律系。」小壯丁回答。

我說：「轉學考我有經驗，你告訴他，從北到南的大學法律系都要報名，擴大機會分母。另外，最好能去補習班，他們會做歸納整理，幫助系統化理解，而且，可以節省很多時間。」

「他有去補習班。」小壯丁說。

我對L的印象深刻，因為他和小壯丁以及其他同學是一群從國中到高中的好朋友，而且，L和同班的美才女Y一直是班對。

「他們前陣子分手了。」小壯丁幽幽地說。

「為什麼，遠距戀愛嗎？」我忍不住好奇：「Y念哪裡？」

「東吳社會系。」小壯丁說。

「這不遠啊，一個在山上，一個在山腳，他們可以在泰北高中這一站集合，然後一起去士林中正路的李科永圖書館。」

小壯丁笑出聲來：「對耶，他們的距離不遠。」

記得大學指考放榜之後，有長輩問小壯丁：「安安，你有沒有想過，念大學要做什麼？」

小壯丁回答：「第一拿到學分，第二就是交女朋友。」

念大學談戀愛是正常的，我經常鼓勵小壯丁念大學後多談戀愛多失戀，才會真正成長。不過，在他住校當天，我還是叮嚀他一句：「記住媽媽一句話，交女朋友要交加分的女友。加分的意思是兩人相處很愉快，互相照顧，彼此鼓勵，一起成長。千萬不要找一個整天讓你煩惱，製造麻煩的女朋友。」

前陣子有長輩送給小壯丁一本《習慣致富》，我看著很有趣就先閱讀，還讓小壯丁催促：「媽媽，這本書妳看完了沒有？我想看。」

「我來給你簡報一下！」我回答：「這本書不是教你怎麼炒股票或賺錢投資心法，而是傳遞一個很重要的概念，養成好的習慣才是財富，而且好的習慣會幫助你創造實際上的財富。」

小壯丁似乎聽出興趣，專注地等待我繼續說明。

「我可以暴雷嗎？」

他點點頭：「你說。」

理財守則第二條〈慎選人生伴侶〉裡寫著：

你所選擇的結婚對象，要不助你一臂之力，要不就拖累你。儘管你可能從羅曼史小說或電影裡學到你可能會和任何人墜入愛河，事實上，並沒有一個人在那裡等你。你需要去尋找一個對象，而那個人與你有一樣的工作倫理、經濟目標與人生計畫，這些都是成功的首要條件。記得，成功是一個進程，那個進程有很大一部分是你讓誰待在你身邊。

「還記得媽媽跟你說過交女朋友要交加分的女友？媽媽看了這本書才發現我給你的建議是Short term（短期），這本書裡規劃的是Long term（長期）！」

我覺得看完這本書後，收穫最多的人是我。雖然有點時不我予，但是，小壯丁還來得及作為借鏡。於是我說：「你們現在所處的時代好豐富，有好多新資訊提供幫助！媽媽活了五十多歲都覺得有收穫，更何況年輕的你。」

就在我起身把餐桌空盤拿到廚房時，我發現小壯丁把這本書默默放進他的背包裡。書裡的金句我已經抄錄不少，只是不知道小壯丁跟我的觀點會不會有差距！我私心希望他看完書之後能激發出他的「反骨」，最好是對這本書有許多「意見」，如此，我才能欣慰地看到小壯丁具備的思辨精神，這才是會讀書的關鍵。

情竇初開

小壯丁在市區念小學一年級時，全班有四十幾個人，男女各半。有次我到他們班擔任故事媽媽，結束時剛好中午，班導師邀我留下來吃營養午餐。我就坐在小壯丁右後方的空位。吃飯吃到一半，先是坐在我前面（小壯丁隔壁）的女生突然回過頭來問我：「安安媽媽，安安平常喜歡做什麼？我可以跟他一起玩嗎？」

接著坐在小壯丁後面的女生也呼喚我：「安安媽媽，這是我畫的公主，我想要送給妳，妳再幫我送給小安。」

當時我有點搞不清楚國小一年級新生到底在玩什麼遊戲，後來才恍然大悟，這應該就是「兩小無猜」的浪漫啟蒙。

小壯丁後來轉學到山上的國校，二年級乙班只有六個人，升上三年級，甲乙兩班合併後總共也只有十三人。

在山上念書，放學後唯一的娛樂只有大自然草木鳥獸魚蟲，也許因為如此孩子們都很單純，相處起來就像是兄弟姊妹。更何況一個班級只有十三個學生，如果古代有個媽媽很會生小孩，一個家庭大概就是這樣的班級概念。

小學畢業後，同學們各奔前程，紛紛轉換新環境。初中也是男女同班，小壯丁就讀的班級男女比例很平均，跟他念小學時差不多，只是人數成長四倍。

國中生活作息正常。傍晚五點準時下課，大約四十分鐘車程回到家，剛好吃晚餐。

每天我都守候在家裡，等待他回家時問候：「Baby 回來啦！今天學校好不好玩？」然後親吻擁抱，一邊吃飯一邊聊天。

我看著這孩子念了國中仍然天天期待上學，快樂回家，也為他感到高興。逐漸步入青春期的孩子，生活中除了課業，另外一個重要的課題可能就是「體內激素連帶影響神經傳導物質之後的特殊行為與判斷」。以上那句冗長的形容可以簡稱為荷爾蒙，更文青一點修辭就是兩性關係。

「你們班有沒有班對？」我忍不住問。

小壯丁想了想，回答我：「我們班同學都以課業為重，沒有人想談戀愛。」

我差點把嘴裡的食物掉出來。我感覺這個七年級生講出口的中文彷彿是宋代大文豪范仲淹「先天下之憂而憂，後天下之樂而樂」的二十一世紀白話版。

當時只有十二歲的小壯丁，很認真地思索我的提問，他想了又想，再度啟口：「只有一個劉X霖跟我們幾個好友坦承他喜歡詹X儀。因為詹X儀這學期功課突飛猛進，班排進步到前三名。剛好劉X霖最近座位調整到詹X儀旁邊，所以他先跟我們幾個好友告白，免得被大家說來說去。」

這群小壯丁們真是可愛，因為座位重新安排，幸運地坐到暗戀的女同學旁邊，就忍不住先跟哥兒們告白。難道是因為這位劉X霖已經預料到自己將來上課會很難專心？

「那麼……」我突然產生靈感，一邊說話，一邊慢慢轉頭，模擬著上課不專心的動作：「劉X霖上課的時候，會不會總是不由自主地把頭轉向四十五度的位置，對著詹X儀一直傻笑呢？」

可能我表演青春癡漢太逼真，小壯丁白了我一眼，噘嘴說：「吼！妳DB2！」

DB2是什麼？我根本不在乎，我只在乎小壯丁在那一瞬間被我逗笑了！

我因為連續讀六年女校，感情的啟蒙經驗太晚，以至於缺乏數據值與判斷力，總是做出錯誤的選擇。因此我希望小壯丁能多多體驗兩性關係中的悲歡離合，早點注射愛情預防針，增強免疫力。

小壯丁自己雖然沒有羅曼史，但是他會天真地與我分享他的經驗世界，尤其是班上同學之間的相處點滴。

「媽媽，今天我們四個人一組，偷看詹X儀手機，發現她其實也喜歡劉X霖。結果陳X丞現在好難過。」

「你們怎麼可以偷看別人手機？」雖然說同學們感情如膠似漆，但是偷看手機這件事仍然不是個光明磊落的行為，我必須適時提出指正。

小小年紀的小壯丁顯然不把「偷看」當作一回事，他似乎更在意哥兒們的感情世界，完全沒聽出我的警示，繼續說故事：「因為蘇X容有詹X儀手機的指紋密碼，我們一個人把風，一個人拿手機，解開她的密碼偷看她的通訊紀錄。今天我兄弟陳X丞好傷心，我們都在安慰他。」

瞧！重點來了，正是「我兄弟陳X丞好傷心，我們都在安慰他」。讓一切行為有了合理化的高尚動機。

就這樣聊著聊著別人的故事，終於，也輪到小壯丁自己的故事上演。

七年級下學期，讓他心儀的女孩出現了。

還記得小壯丁在國一下學期生物考試作弊得高分，讓我們母子痛哭流涕互相懺悔那次？當時他偷看到的就是坐在左前方的女孩試卷答案。小壯丁因為作弊被記過而成為班級焦點人物，再加上小壯丁經常放空，或者上課時答非所問，讓同學們起鬨給他取個綽號叫做「唐氏症」。就在那個時候，只有這女孩認真寫了一封信，告訴小壯丁她不會介意小壯丁偷看她的答案，也沒有生氣。她希望小壯丁不要再作弊，也鼓勵小壯丁重新做人。她最貼心的地方是當全班人都嘲笑小壯丁是唐氏症的時候，只有她溫柔地以「唐老師」稱呼小壯丁。

我之所以發現這個祕密，是在小壯丁國中二年級分享「學校記事」時，發現他敘述的人事物當中，突然多出一個以前沒聽過的女生名字，而且次數非常頻繁。

情竇初開！

我很好奇他會喜歡什麼類型的女孩兒？聽說男孩子的潛意識裡都會依照母親的形象來選擇伴侶，這次剛好是一個實驗機會。我忍不住想知道女孩兒長得什麼樣子，會不會驗證民間說法？

小壯丁拿出全班合照，指著其中一個笑容燦爛的女孩說：「就是她。」

我站在小壯丁身旁，感受到他介紹女孩兒時的雀躍，以及每次提到女孩兒都流露出陽光般的笑容，再加上，當他指著影中人時，手指輕微顫抖所傳遞的害羞與歡喜，讓我深深相信小壯丁的選擇，這是他由衷而發，對一個好女孩的真心喜愛。

「妳看！」小壯丁微笑著說：「她剪了一個香菇頭，我都叫她香菇妹。」

「香菇妹知道你喜歡她嗎？」我問。

「我還在冷靜思考關於告白的動作。」小壯丁回答。

我點點頭，樂觀面對這份少男少女的友誼。

「媽媽，妳知道嗎，今天詹X儀告訴我一個很大的進展。」小壯丁開心地分享：「詹X儀發現，香菇妹的 LINE 密碼用的是我的生日。」

這份純潔可愛的情愫，在小壯丁念國二下學期的初夏時節默默開展。小壯丁對香菇妹有好感，但是個性爽朗的香菇妹卻一視同仁，把大家都當作好朋友。這讓我聯想起小壯丁那夥情如兄弟姊妹般的十三個小學同學，畢業將近兩年了，期間小壯丁舉行生日聚會時邀請所有同學，也只有一半的人報到。

「我們小學同學會一直都沒約到，好像大家都有事，日期一直兜不起來。」小壯丁哀怨地向我傾訴。

「喔，哪會不會約到十二月？」

「有可能喔。」小壯丁笑了笑。半晌，他幽幽地說：「媽媽，妳想，我們小學同學會，大家見面會不會有點尷尬？」

尷尬？嗯！青春期的孩子一日三變，尤其是第二性徵。如果這是小壯丁的意思。於是我說：「有可能喔！你們畢業的時候，大家都還是小不點兒，身高只有一百六十公分左右。現在，男生全部長到一百八十公分，女生也長胸部，腰變細，還有月經。每個人都變了，有人變胖，有人變瘦，有人長很高，有人跟從前一樣。」

他突然接了一句：「也有人變帥。」

這很明顯是小壯丁自我感覺良好，但是，他都還沒有向香菇妹告白呢！

我故意調侃他：「是喔，有人帥到交不到女朋友。」

沒想到小壯丁突然正色：「我想要交女朋友還不容易？但是女朋友不是物品。我不要一個物品在我身邊。」

「喔！這麼厲害，那麼你還是等到十八歲再談戀愛比較好，那時候你會更聰明，絕對不會跟物品在一起。」

小壯丁情竇初開的時候只有十四歲，他一聽到十八歲這個數字，似乎感覺有點徬徨，於是他又問：「高中可以談戀愛嗎？」

我故意提出警訊：「未滿十八歲，還是容易跟物品在一起喔。」

「聽說香菇妹的姊姊問她：『小安長那麼帥，妳什麼時候才要接受他做妳的男朋友？』」

「你怎麼會知道？」

「因為香菇妹告訴詹X儀，詹X儀告訴我。」小壯丁說完，又沉思了一會兒，喃喃自語：「我想，高中應該可以追到了吧。」

我讓十四歲的男孩盡情發揮對愛情的想像，我很開心第一個讓他動心的女孩是個有思想有判斷力，理性又熱情開朗，經常帶著微笑的女同學。小壯丁不只一次在我面前形容她「柔而剛」。他甚至也對著香菇妹直接稱讚，結果引起對方哈哈大笑，因為香菇妹覺得自己好像從來沒有「柔」過。

自從香菇妹出現在我們的生活之後，我發現早上六點鐘叫醒小壯丁起床上學已經不是我的專屬任務。

「叮叮叮！叮叮叮！……」清晨六點鐘，小壯丁的 LINE 就開始響個不停。正是香菇妹打電話來叫小壯丁起床，要他準時到校上課。每天早上，有兩個女人同時管教小壯丁，果然帶來「一日之計在於晨」的振奮力量。

小壯丁作息正常，每晚十點準備上床睡覺。然而情竇初開這段期間，他晚上九點五十五分會握著電話坐在沙發上，呆呆地凝視手機螢幕。只為等待香菇妹晚上十點回到家，給他捎來訊息。

「她為什麼那麼晚回家？」我好奇詢問。

「香菇妹會去圖書館念書。」

「你們結伴去啊！多振奮人心！」我雀躍地提出建議。

「她說我們不能一起去圖書館，會沒有效率。」小壯丁無奈地回答。

以我對小壯丁的認識，我認為這個決定非常睿智，而且很有道理。我真是愈來愈喜歡有主見的香菇妹，看來小壯丁確實有獨到的眼光！

這段期間最經典的紀錄是：

我在懷孕時偶然料理出一鍋非常難吃的滷香菇，因為惜物，還是強忍孕吐體質把整鍋香菇吞進肚子裡。沒想到這樣的「胎教」導致小壯丁出生後拒絕吃任何菇類食物。

某日我們母子在超市採買，我特別拿了一盒香菇，想要嘗試「焗烤香菇」新食譜。在步行回家路上，我再次提到菇類食物所富含的多種氨基酸、蛋白質、維他命B群的營養價值。

小壯丁突然開口接話：「我要開始學著吃香菇。」

這一刻實在太讓我感動了！罹患「胎裡恐菇症」的小壯丁，難道終於認真上了生物課或是健康教育，體驗到藥補不如食補的養生之道?!

「你終於領悟了。」我欣慰的說。

小壯丁眉毛一揚：「妳忘了她的綽號？」

我這才恍然大悟：「喔……香菇妹。」

柔而剛

莎士比亞十四行詩第五十四首寫道：

啊！美看起來會美上多少倍，因有美德加持的甜蜜裝飾！

我認為初戀的美也是如此。

小壯丁十四歲時因為一個「事件」和同班女生展開第一次接觸，之後互動逐漸頻繁。小男孩情竇初開，默默喜歡這位女同學許多年。

我和他共同保守這個祕密，因為他一直在觀察，也考慮選擇適當時機告白，卻始終沒有具體行動。大家都知道他喜歡香菇妹，可是小壯丁沒有承認，這件事也就懸在空氣中，像個矗立的一〇一心靈地標。

而我總是在母子約會的晚餐時光，聽到小壯丁跟我說：「我考慮不要再參加桌球社了！我要參加慢跑社。」

「哦，為什麼？」

小壯丁念小學時曾經得過一個區域性桌球比賽單打冠軍，現在也是學校桌球社副社長。我不理解為何他要放棄這項興趣。

「因為香菇妹是慢跑社。」小壯丁回答。

或者當小壯丁一邊吃著我為他精心烹調的家傳焢肉、紅燒牛肉時，他會突然有感而發：「香菇妹太瘦，要吃胖一點。」

喔，是麼！

「媽媽，我覺得我太胖了，但是香菇妹說我是『體格健壯』。然後我就跟她說，那我們來比賽。她說好，來比腕力。」

比腕力？

小壯丁甜甜地笑，露出慧黠的眼神：「反正我一定會輸的。就算會贏也要故意輸。」

這個答案太有智慧了。

又或者，小壯丁會突然告訴我：「媽媽，這次換座位，香菇妹坐到我前面了。」

我原本又想重演一次青春癡漢上課不專心，轉頭四十五度看美眉的鬧劇。但是旋即一想，香菇妹已經坐在小壯丁正前方，那可不需動一根汗毛就能夠二十四小時盯著佳人的天賜良機。

果然，小壯丁下一句就跟我說：「我坐在她背後，常常看她髮型的自然彎曲……」

純純的愛像是氧氣，讓人充滿活力！但凡事剛剛好才是最舒服的狀態。醫學臨床研究顯示，如果新生兒吸入百分之五十以上的氧氣會讓血管收縮，有可能引起視網膜病變。因此，即使談戀愛也需要調和分寸，不能太真實呈現自己。就像小壯丁有次很無奈地跟我說：「香菇妹『嘴說』以後要做大事業。」

「嘴說」是什麼意思？我完全聽不懂這個詞彙，只能臆測是不是青少年之間對於「誇飾」的另一種形容。於是我問：「是不是嘴砲？」

小壯丁白了我一眼，可能他覺得砲字不好聽。但我猜想嘴砲和嘴說意思差不多，只是世代差異。

小壯丁解釋：「然後我就跟香菇妹說，妳要做鄭捷喔！她就把 LINE 關了。」

我懂「把 LINE 關了」的意思，等同於我們那個年代的「掛電話」。

我心裡想：「廢話！如果我在這年紀，有個男生給我的『大事業』潑上這樣的冷水，我不但掛電話而且還會封鎖他，謝謝再聯絡。」

但是，作為小壯丁的心海羅盤，我不能囿於女性主義論述，必須以超然的立場來看待這件事。

「寶貝！」我柔聲呼喚小壯丁：「鄭捷是個殺人犯。你拿一個殺人犯來開玩笑，不要說是女生，任何人聽了都會不舒服，甚至毛骨悚然吧！」

我覺得小壯丁的表情有點木訥，但是我安慰自己這叫做「思考」。

國二升國三的暑假即將來臨，小壯丁想進一步邀約香菇妹出來看電影。他跟我說：「媽媽，我想交女朋友，我想請她去看電影，妳要給我多少零用錢？」

我有沒有聽錯？

我立刻問小壯丁：「是你要交女朋友還是我要交女朋友？」

接著進一步昭告天下：「把妹的錢要自己賺。」

小壯丁問：「那我要賺到多少錢才能請女朋友看電影？」

「你現在每天拖地，一次五十元，連續十五天之後可以賺到兩張電影票的錢。」我又想了想，第一次約會的內容似乎可以再豐富些。於是接著說：「這只是兩張電影票的錢。如果還想吃爆米花，那就要再加班。」

小壯丁「喔」了一聲：「那我還是請她喝五十嵐就好了。」

國中生的「純愛」觀我不太能理解，但是我明白，當他確定自己有喜歡的對象，在國二升國三的暑假，我們母子外出時幾乎都是隱形的「三人行」。

小壯丁陪我去教堂望彌撒，他跟我說：「香菇妹信佛教。」

為了表示我真心接納「準媳婦」，我熱情地回應小壯丁：「我也喜歡研讀佛法。」

「妳快告訴我佛法！」小壯丁興奮地說：「我要嗆她。」

善哉善哉！原來小男生都是這樣追求小女生。我只好四兩撥千斤地回答：「這豈是三言兩語可以說清楚的……」

還有一次是帶著外婆一起去南京復興捷運站某間潮廣餐廳吃飯（該餐廳已倒閉），用餐時選用白開水卻被收取每人八十元茶資，總共二百四十元。這筆款項排列帳單第三貴項目，招致小壯丁開玩笑說：「這是史上最貴白開水，還好我喝了三杯。」

我們步行在慶城街準備回家時，小壯丁悄悄告訴我：「妳知道嗎，香菇妹就住在這個捷運站附近，晚上我要密她，跟她說：『我到妳家附近的一間餐廳吃飯，光喝白開水就花了二百四十元。』」

那年暑假，我們受到朋友請託幫忙照顧一隻名叫單單的小狗，共同度過三天驚奇愉悅的生活。小壯丁從小喜歡小動物，當小狗被主人接回去之後不到兩個小時，他就無精打采地跟我說：「我已經開始想單單了。」

我趁勢做機會教育，開始長篇大論：「相遇與分離是人生的課題，我們都在不斷的學習。明天去學校上課，跟朋友聊聊天，轉移注意力就會慢慢好起來。對了，你有沒有把和單單的合照傳給女朋友看？」

「傳了。」

「她怎麼說？」

「嘿……」

「這麼簡單？」

「她說她最近壓力很大。功課、考試、作業，她說她很忙。」

「喔！所以早上六點不再傳 LINE 叫你起床？」

放暑假前，每天早上六點除了家裡的鬧鐘響，小壯丁的 LINE 也會響個不停，那是香菇妹同步呼喚小壯丁起床。沒想到，受到兩個女人關注的小壯丁，依然故我，仍然習慣性賴床、遲到，也難怪香菇妹會對他失望。就在暑輔結束後，我再也沒聽到清晨六點的 LINE 鬧鐘。

小壯丁解釋：「她說她早上很忙。六點二十分就要出門。」

「她家不是只比我們家多兩個捷運站？六點二十分你還在睡覺呢。」
「她很早起，然後一直忙。」
「她要自己做早餐啊？」
「有可能喔。」
「請她順便幫你做一份，這樣你就有理由每天早上到她教室外面等她。」
「她早上要外掃，我去外掃的地方找她，看起來像個怪阿伯。而且她很忙。她說叫我起床，她也有壓力，會擔心有沒有把我叫醒。」
這個答案讓我感覺有點惘然，我這個有話直說的豬頭軍師，竟然跟小壯丁說：「噢……她心裡可能沒有你了。」
我進一步解釋：「『很忙』跟『叫你起床』，是兩件事。時間是自己安排的，如果心裡有你，再忙都會在早晨六點鐘讓你的手機LINE響個不停。可是你呢？繼續睡大頭覺，也不回人家訊息，然後上學遲到，久而久之，她當然會失望。」
這時候小壯丁只有十四歲，媽媽說的話，他多少會聽進去一些。
「明天我問她。」小壯丁回答。
「這麼好的女孩，錯過好可惜。」我不捨地說。
一旦開啟香菇妹的話題，小壯丁總能源源不絕：「我跟同學討論過，為什麼會喜歡她？我用了一個形容詞『柔而剛』。同學說她哪有溫柔，一天到晚打我。但是相處久了，就知道，她很溫柔，默默做很多事情，為班級著想。」

「什麼？為班級『照相』？」

我們聊天時已經將近午夜，我幾乎進入半睡眠狀態。小壯丁後來說的話我都沒有聽清楚，但是為了表現我的認真聆聽，我硬是接上一句話。

「為班級著想。」小壯丁糾正我：「妳耳朵有問題喔。」

半夜三更，只有蝙蝠的耳朵是靈敏的吧。

就在我即將進入夢鄉之際，小壯丁的聲音又在我耳邊響起：「媽媽，我失眠了……」

「喔……試著深呼吸……」我安慰小壯丁：「其實，有壓力是好的，壓力敦促人上進，但是也要調適好。我覺得你女朋友調適得很好，她真是個好女孩。」

「嗯，我明天去找她。」

第二天早上六點十五分，我的鬧鐘響起時，赫然發現小壯丁已經穿好制服，正在刷牙洗臉準備去上學。

晨曦投射在向陽的露台，讓一切充滿朝氣！

此情可待成追憶

小壯丁情竇初開的暑假，就在如何邀請香菇妹看電影的懸念中度過。暑輔結束又虛度兩個星期，開學後正式升上國中三年級，班級重新調整，他從愛班轉到毅班，班導也換成一位女老師。

開學前兩周，香菇妹失聯了，讓小壯丁沮喪好一陣子。開學日當天傍晚，小壯丁回到家，反而是我迫不及待關切：「今天開學，有沒有去找女朋友？」

「沒有，現在以課業為重。」小壯丁淡定地回答。

我愣了一下，喃喃自語：「最後那四個字是中文嗎？我怎麼聽不懂。」

小壯丁才又回答我：「過兩天再說。」

我繼續追問：「暑假她搞人間蒸發，你不想問清楚嗎？你密她都不回不是嗎。」

「還好啦！」小壯丁緩緩回應：「我一共只密兩次，她不回就不密了。」

什麼？只有兩次？

「要不然呢？難道我要像變態一樣天天密她？」說完這句話，小壯丁就不再開口。

為了打破用餐時的沉默，促進幫助消化的快樂酶，我又開始找話題：「新班級還好嗎？」

「很好，已經跟同學成為好朋友。」

小壯丁開始細數旁邊坐的是誰，前面是誰，左邊是誰……他說交朋友其實很簡單：「下課的時候，我跟旁邊的同學說：喂，立可白借我。我們就開始聊天，成為朋友了。」

我很羨慕小壯丁有這種交朋友的天賦，還好我的孤僻基因沒有複製在他身上。

「不過……」小壯丁接著說：「班上還是有幾個邊緣人。」

這不就是在說我嗎？於是我好奇地問：「邊緣人都是什麼樣子？」

「下課自己留在座位上畫畫，不跟我們出去玩。」

「喔，果然跟我好像！」回憶往事，彷彿歷歷在目：「我當年也是這樣。所以你們不要排擠他們喔。」

「我們才不會排擠。」小壯丁用堅定的語氣回答我：「是他們自己選擇要做邊緣人的。」

他說得好像也有幾分道理。我念國中時內向害羞，總是獨來獨往，直到念了天主教女子高中才受到感化，漸漸開朗起來。想想自己的青春期，似乎也曾經給父母親帶來不少麻煩，每念及此，就覺得小壯丁的調皮搗蛋只是輕度颱風等級。

香菇妹在國三被分到資優班，距離似乎阻隔了兩人的來往，我很少聽到小壯丁談起香菇妹。直到國中畢業前三個月，也許是即將面臨的分離焦慮，小壯丁才又開始和我細述學校生活。

「何X瑞和陳X成今天請假。因為何X瑞要去找陳X成的媽媽清除青春痘。」

我說：「去做臉啊。」

「應該是。」小壯丁回答：「何X瑞有一次問我：『小安，你知道我為什麼沒有女朋友嗎？因為我長了滿臉的青春痘。』」

「我的寶貝兒子沒有長青春痘也交不到女朋友呀！」

歷時兩年，小壯丁到最後都沒有選擇向香菇妹告白。我從頭到尾追蹤保守著小壯丁的初戀祕密，這可跟青春痘一點關係也沒有。

「其實有很多人暗戀我。」小壯丁脫口而出。

順藤摸瓜，我立刻問：「有人向你告白嗎？」

「有一個學妹問我：『你現在是單身嗎？』」

「有學妹喜歡你嗎？」

「很多喔。因為我桌球打得很好。可是我是出了名的專情。」

原來關鍵還是在念念不忘的初戀。我問：「香菇妹？她出現了？」

小壯丁娓娓道來：「她前一陣子在資優班，壓力很大，所以我也不去吵她。」

「她那麼拚幹什麼？有前三名嗎？」

「她現在好像好一點了，我們又開始聊天。」小壯丁告訴我。

故事就記錄到這裡。小壯丁升上高中之後，不再跟我分享祕密，但是我旁敲側擊，知道香菇妹仍然與他念同一所高中，而且，在小壯丁付出長達四年的單戀之後，香菇妹終於在高二下學期接受小壯丁的告白。

兩人「正式交往」後的第一個情人節前夕，小壯丁主動陪我去超市採買生活用品，他在零食區盤桓許久，最後終於問我：「媽媽，我想送香菇妹禮物，哪種巧克力比較好吃？」

我問他有多少預算？他說五十塊。

我心想，這次至少比請手搖杯飲料進步了。於是我建議他挑選比較健康口感也較好的黑巧克力，並且贊助不足的預算。

禮物買好後，小壯丁用便利貼寫上：「果然不送巧克力感覺怪怪的啊 XD！雖然很普通但還是請妳收下吧。」

對高中生來說，我認為這樣的修辭情真意摯，誠懇動人。雖然小壯丁的落款是「大廢物」，讓我隱約在這三個字裡感受到他沒有自信心。然而更令人不解的是，這個禮物與「情書」就這樣一直放在他的書桌上，直到情人節過後兩個星期，經過我的三催四請，小壯丁才把巧克力帶去學校。

或許是這樣過度散仙的個性，初戀僅維持了八個多月就結束了。

關於這段純純的愛，小壯丁原本不讓我寫，直到他即將邁入二十歲的正式成年，終於點頭讓我提筆為文。

我陪在小壯丁身邊，共同經歷七年「初戀」心路歷程，雖然為兩小無猜的結局感到「風住塵香花已盡」的遺憾，甚至覺得小壯丁沒機會和這麼有主見有思辨能力的女孩交往，實在是他的損失。但是，我也很欣慰這段感情的開始與結束都是一段健康的關係，讓生命中曾經掀起的扉頁成為美好記憶，時時刻刻再度回憶起都是甜蜜。

心太軟

小壯丁小學畢業那年，我想送給他一個畢業禮物作為紀念，決定帶著他參加好友靜怡規劃的親友團一起到日本旅行。靜怡的孩子是小壯丁的同班同學，三兄弟都念雙溪國小，彼此之間互相認識，在學校經常玩在一起。

就在出國前半個月，小壯丁每天放學後都跟我說要到靜怡阿姨家玩，雖然次數有點頻繁，但是我想，對方家裡人多熱鬧，或許這正是獨生子所渴望的，而且還有桌球室，小壯丁也告訴我，他們都在運動和玩捉迷藏。

我提醒孩子：「多和朋友們互動來往都是好的，但是你要有禮貌，而且大前提是阿姨和叔叔歡迎你去，不要造成人家麻煩！」

小壯丁自信滿滿地點頭答應。

不料，出發前一個星期，靜怡突然跟我說：「妳知道安安到我們家都在玩電動嗎？」

「我以為他在妳家打桌球！」我大吃一驚：「靜怡，如果安安不乖，請妳無論如何都要幫我糾正他。」

靜怡微笑著說：「我有跟他說，安安，你要乖乖聽媽媽的話，要不然媽媽生氣了，就不帶你和我們一起去日本玩。這樣我兒子會很傷心，我們也都會很失望。」

我說：「這是對的！謝謝妳，應該好好管教他。」

「但是……」靜怡接著說：「妳知道他怎麼回答我嗎？」

我心想，這個只有十二歲的小壯丁平常還算有禮貌，應該不會跟大人頂嘴吧！

靜怡冷靜地轉述：「安安立刻回答我：『我媽媽不會不帶我去日本，我媽媽心腸最軟了。』」

「妳完蛋了！」靜怡篤定地做出結論：「妳這輩子都被他吃定了。」

「心腸最軟了！」這句話怎麼聽都不像是讚美，比較像是九轉肥腸、薑絲大腸之類的料理，很容易就讓人給一口吃下去。

這一句從小學畢業生嘴裡吐出的話語，讓我思考了好久，我到底是什麼時候？做了什麼事？說了什麼話？被小壯丁的雷達掃描發現我的「心太軟」？而且他還很有自信地跑到外面去跟別人說。

如何定義「心太軟」？我認為《世說新語》詮釋的最貼切：「聖人忘情，最下不及情；情之所鍾，正在我輩。」

小壯丁是過敏體質，七歲以後我才開始讓他吃螃蟹。吃飽喝足後，七歲小壯丁看著吃剩的紅色螃蟹殼，跟我說要拿回家作紀念。

誰會把垃圾帶回家作紀念？我當然置之不理。

結果這孩子把一堆螃蟹殼集中在自己的盤子裡許久，不讓任何人收走。我不忍傷他的心，最後同意帶一個蟹殼回家。孩子只顧著開心，我卻用刷子刷了一個多鐘頭，才把剩下的肉屑組織清理乾淨，給他當作標本。

同樣的故事發生在他小學二年級，我們終於有預算讓他汰換掉那雙從幼稚園穿到小學，又破又舊又不合尺寸的舊球鞋。

當我們在體育用品店裡買好新鞋，請店員協助處理舊鞋時，小壯丁突然說：「媽媽我想留著舊球鞋。」

我看著他認真的眼神，不捨地凝視舊球鞋，眼神泫然欲泣，彷彿要與情人分手似的哀怨。我試圖向小壯丁說理：「這雙球鞋已經又破又舊，你不可能再穿上它的。」

「我還是想保留它。」小壯丁態度堅定地說。

「為什麼？」我問。

「因為我對它有感情。」小壯丁不假思索地回答。

有感情？

這三個字讓我的感情更豐富，更不忍心讓孩子傷心，便按照他的要求把舊球鞋打包，放在後車廂裡。當時我默默盤算，等到過了一段時間之後，我再找機會拿出去丟掉。

沒想到，每隔幾天，小壯丁就會問我：「媽媽，我的舊球鞋呢？」

作為一個誠實正直，以身作則的母親，我不能對他撒謊（偷偷丟鞋的暗黑計畫不在此道德標準）。

我冷靜地回答小壯丁：「還在。」

「在哪裡？」他進一步追問。

「在後車廂裡。」我說。

他竟然接著說：「我想看一看。」

「又不能穿，看什麼？」我不明白這孩子為何會對一雙舊鞋如此牽掛。

「因為我對它有感情。」小壯丁據實以告。

結果，那陣子，每次帶著小壯丁出門，第一件事就是掀起後車廂車蓋，打開鞋盒讓小壯丁看一眼這雙「我對它有感情」的幼稚園球鞋。偶爾趕時間，也會忘記這個儀式性的動作。漸漸地，打開後車廂看鞋子的次數愈來愈少，我明白這是隨著小壯丁成長，外界有愈來愈多新鮮事，讓他慢慢淡忘這種依戀。

最後，直到這輛被小壯丁暱稱為「小白」的愛車因故報廢前夕，我特別帶著他來到陪伴他成長的小白旁邊，最後一次打開後車廂，找出鞋盒，讓他再看一眼。我說：「現在我們必須丟掉一切依賴這部車的回憶了。」

這次小壯丁什麼話都沒說，默默地點頭。

這輛車上，除了小壯丁依依不捨的舊鞋，另外還有一個袋子，裡面裝滿我們在太平洋海岸、與花東縱谷各個河床、野溪撿來的石頭。這些石頭有大有小，顏色有深有淺，花紋有樸素有複雜，但是，每一顆石頭都銘刻著小壯丁的童言童語，這些天真的呼喚始終在我的腦海縈繞：「媽媽，妳看，我發現好漂亮的石頭！我們帶回家好不好……」

妳有原則是好事

我在大學教書，這幾年愈來愈喜愛學生。也許是移情作用，因為自己的孩子也在其他大學接受老師的教育。我偶爾會在上課時分神，想著小壯丁會不會遇到和他媽媽一樣可愛的老師？

曾經有一學期，我的班上出現兩個已選課，卻永遠缺席的學生。我按照學校章程在學期中提出預警，不料卻接獲輔導中心反應，其中一位學生家長打電話來學校反應，希望我對此事件提出說明。

我不理解的是，身為老師，我每周準備課綱，舟車勞頓來授課，這學期每個學生已經交出三次以上作業，這意味著我已經改了一百多篇學生文章。現在，要我對一個連續曠課，更沒有交過任何一次作業的學生以及他的家長，提出「說明」？

輔導中心說，因為學生有「學習障礙」，希望我網開一面。但是學期都過了一半，才由家長出面施壓，我如果讓這個學生及格，那麼我要如何面對那些認真上課又準時繳交作業的學生？這樣合理嗎？

「不合理！」正在念大學一年級的小壯丁聽完這個故事之後，說：「我們如果不去上課，都會跟老師請假。如果沒有請假，爬也要爬到教室裡出席。」

「已經上課兩個月，這學生只來過兩次，而且他第一次出現的時候，我還好言規勸，重新解說進度，給他機會補救。他也答應我不會再曠課，可是，接下來他又連續四周不見人影。」

「這就是說謊。」小壯丁明快地回應：「這樣不行。」

「難道只因為家長打電話來關切，我就要讓學生及格嗎？」

「現在怎麼有這麼多不理性的家長。」小壯丁說。

「是啊！」我對小壯丁說：「我覺得你媽媽還是很理性的。記不記得你以前念國中、高中闖禍，無論是公平或不公平的懲處，不到最後關頭，我絕不會輕易說出『需不需要媽媽到學校協助處理』！」

小壯丁點點頭。

小壯丁的認同，更堅定我做人處事的態度。於是我說：「我有原則的。」

沒想到小壯丁接著幽幽說出：「妳有原則是好事，但是現在不理性的人太多。有這樣的家長就會有這樣的小孩，妳去學校要小心，小心學生攻擊妳。」

「蛤？不會吧！」我從來沒想到「為人師表」會遭遇這樣的「報應」。

「妳要小心對方向妳潑硫酸什麼的。」小壯丁繼續作出「風險評估」。

「潑硫酸？喔！不！我最愛漂亮了。」我無奈地說：「如果這種事真的發了，我這輩子也不想活了。」

「妳千萬要小心，以後自己去上課要多注意。」小壯丁最後語重心長地做出結論。

我雖然不太明白小壯丁為什麼會轉彎到潑硫酸的悲劇，但就在剎那間，我的心頭酥麻過一陣暖流，突然有種朦朧的領悟，原來，這就是愛情！

作為一個「準大人」，他最愛的媽媽現在遇到麻煩，他又因為住校無法在媽媽身邊分憂解勞，萬一真的有什麼閃失發生，他的心肯定比我還要痛苦千百萬倍。但是身為一個「男人」，他不會像媽媽那樣撒嬌：「啊！有蜈蚣……我好怕……」然後跳到沙發上搗頭。小壯丁不在我身邊時，我必須獨自一人面對所有危機，也因此，他只能特別叮嚀我：「妳還是要小心一點。」

咦！這好像也是我在小壯丁耳邊，嘮嘮叨叨了一輩子的情話。

愛你在心口要開

十八歲的男孩表達感情，大約是這樣：「妳要拿什麼重東西，叫我，我來！」、「妳聽耳機不要這麼大聲，這樣有人經過妳旁邊要怎樣都不知道」、「妳晚上不要出去運動，老師說樹木會排放二氧化碳」、「妳累了就去睡覺，事情明天再做」、「妳運動前要做暖身，畢竟也到了這個年紀……」（咦，最後這一句有點怪怪的。）

十八歲的男孩願意掏心掏肺跟妳說話，妳就要在他面前含笑傾聽，千萬不能頂嘴，不能反駁，必須順著他的語意跟鸚鵡一樣回應。假如他說：「我今天心情很好！」妳就說：「很好喔！」若他說：「星期天我要看一部電影！」妳就先說：「好耶！我們一起看，但是……你好像已經進入指考最後衝刺階段……」

任何對話都不要下結論，留著懸念，讓他自己思考。若是他回答：「因為我在周一到周五已經超前部署，把周末的進度讀完了！」妳就回答：「我覺得你是不是需要稍微更新一下讀書計畫。」

跟小壯丁出門，他會幫我提重物。逛市場時買了兩顆大木瓜、兩袋葡萄、三包有機蔬菜、破布子罐頭，還有一個滿滿的生鮮食物保冷袋，全部都在他手上。但是我還想吃臍橙，經過水果店時忍不住又要買。小壯丁陪著我一邊聊天，一邊等我挑水果，大約挑了十幾顆，我問小壯丁：「你還拿得動拿不動？」他還沒回答，老闆直接插話說：「還不夠！」而小壯丁只是淡淡地回應：「應該差不多了！」於是我再拿一顆，請老闆秤重，總共一百九十五元。我拿出一千元紙鈔，老闆去換了零錢，找錢給我時，說：「小費給妳！」我以為他真的算我便宜，看看手上是八百零五元。我說：「我以為你會找我八百一十塊錢呢！」他笑一笑，沒再回應。

和小壯丁繼續走往捷運站，小壯丁問我：「他真的有給妳小費嗎？」我說：「總共一百九十五元，他找我八百零五元，一毛都沒便宜，哪有小費。」

小壯丁沉默了幾秒鐘。我太了解小壯丁，他跟我一樣，應該都有種被老闆吃豆腐的感覺。但是小壯丁說：「也許，這是他在他這樣的工作中找尋樂趣的一種方法。」

我們一起搭車回家，他陪在我旁邊，即使不說話，仍然感受到那種穩固的幸福。感情需要時間，更需要培養，我不是個完美的媽媽，做菜看心情，有時好吃有時很難吃，又時常情緒化，讓孩子摸不著媽媽的地雷區。但是我知道，是我犯錯的時候我會勇敢跟孩子說聲對不起。他小時候如果聽到我道歉，會焦急地看著我，用他童稚的聲音跟我說：「媽媽不要哭，不要哭，妳很好，妳很好！」青春期以後則是淡定地看著我，刻意放低放慢聲調，溫柔的站在我旁邊，一字一句說清楚：「冷靜！冷靜！」

有時候我會想起他讀幼稚園時的可愛模樣，有一次他雙手放在地上像隻四腳動物似的爬來爬去，然後揚起頭驕傲地跟我說：「我現在是一隻老虎。」

我就回應：「老虎，來喝水。」

他說好，以老虎的姿勢，四肢著地爬到我面前，說：「我是一隻聽話的老虎。」

還有一個遊戲我們從幼稚園一直玩到小學一年級，那就是他常常跑來抱著我的腰，說：「媽媽，我想回到妳肚子裡。」我說好，媽媽再把你生出來一次。然後我把他小小的身軀和頭顱塞進我的洋裝、T恤，或任何當時穿著的衣服裡，他的頭貼著我的肚子，我的肌膚，彷彿穿透腹腔，我們再度合而為一。然後我學著孕婦「嗯嗯嗯」發出聲音，假裝生孩子，最後把衣服掀開，說：「Baby，我把你生出來了！」

每次這樣玩，他都很開心，露出滿足的微笑，偶爾會鬧著一直玩下去，有時一天循環幾十遍。這是我們的默契，玩生孩子的遊戲，直到他的身高再也塞不進我的衣服為止。

小壯丁已經長到一百八十四公分，我一天一天看著他長大，想像他會長成自己的樣子，走出自己的道路。我知道他有一天會去過著屬於他自己的日子，而我也必須面對我自己的，我明白我們再也不會玩生孩子和小老虎的遊戲，正如同那些不可逆的時光。這麼多年來，我一直覺得孩子教我的事情更多，任何一場童真的相遇，都是天使的禮物，我敞開心扉接受它，滋潤了我貧瘠的靈魂。

最詩意的承諾

想念小壯丁的時候，我就打開電視機，重看我們一起看過的影集。

四月清明節連假，剛剛結束大學學測第一階段考試的小壯丁還在猶豫要不要參加指考，在這段空窗期，他用看電視紓壓。

我們第一次追的劇是《梨泰院》，當時正在熱映中，而且首集上演的正是高中生活，小壯丁看得津津有味，我也不忍打斷他的興致，跟著看了六集，最終因為失去耐性而放棄。結果高三學生小壯丁，不知道哪來的時間，竟然把全劇追完，還告訴我結局。

我現在不會阻止小壯丁看電視了，因為，我們家曾經八年沒有電視機。不看電視的理由，最主要是我認為當前電視節目完全沒營養，看了浪費腦力也浪費生命。更何況我真的沒時間坐在電視機前面虛擲光陰。我的工作之一是每周至少看一本新書製作主持漢聲電台的廣播節目，另外教書需要備課，以及專職寫作的基本工作——閱讀與創作。這些已經占據生命中絕大多數的百分比，更何況還要經常去市場買菜回家做飯給小壯丁吃。

三月份搬到新住處，我決定分期付款買台電視機，利用網路看影視作品。當時我已經預設到再過幾個月，小壯丁就要結束周一到周六固定上下課的高中生活，他將成為自由選課的大學生。

他的作息不再和過去十二年一樣，每天早晨六點半出門，晚上五點回家吃飯。他會認識許多新朋友，開始探索現實社會的五光十色，而且，會因為逐漸擴大社交圈而慢慢接觸許多新鮮事，包括誘惑。

我能做的，就是給小壯丁一個溫暖的家。這個溫暖的家已經不再是一碗熱騰騰的拉麵與香煎迷迭雞排，或是早晨一杯精力湯與燻鮭魚三明治就能滿足。這個家，現在起，必須有點聲光娛樂效果，這樣才能讓十八歲小壯丁回到家不會感覺無聊，而且不會一直躲在自己的房間滑手機。

果然，小壯丁追完韓劇之後，又發現爆笑美劇《荒唐分局》，我們一起看到第二季，我沒時間繼續追，依舊是小壯丁告訴我這群可愛的警察是如何荒唐笑鬧直到第五季。

暑假時，小壯丁發現一齣讓他不斷稱讚男主角實在太帥太俊的美劇《路西法》，我們一起看到第二季。而後小壯丁因為暑假生活多采多姿而暫停，這次，終於換我超前進度。但是小壯丁不允許我劇透，當我追完第五季時，只能不斷跟小壯丁分享：「很精采，真的很精采！」這種單調的形容詞，讓身為作家的我感到非常汗顏，但是小壯丁規定不能爆雷，他要自己看，才讓我投射在劇中的情感與畢生文學修辭功力全部派不上用場。

想念小壯丁的時候，我就打開家門，外出行走我們曾經一起走過的山路。

十幾年前初次搬到山上時，小壯丁只有六歲，還是個小不點兒。我教他打羽毛球，也到附近的小學球場打網球。

住在山上最方便的娛樂就是登山。我喜歡走路，卻對自然生態毫無興趣，又怕蜜蜂、蜘蛛和林間各種飛行物，卻仍然壯起膽子帶小壯丁去探險。

初夏某日，我再度帶著小壯丁去住家附近的登山步道晃蕩。我們慢慢走，小小年紀的他，向我詢問周遭的植物花卉、蝴蝶昆蟲……我全部不認識。最後只能胡謅台北版西遊記，看著大樹野草編織些不切實際的故事情節。

這小子，當時只有一百多公分高，原本還讓我牽著他的手慢慢散步，後來他漸漸超越到我前面，我以為孩子腳程快，或是他嫌我欠缺生態觀，估計他在學校裡學到的自然知識都比我瞎說的還要多，或是一時興起，決定走在我前面，也許他還有意願來做導覽。

結果，這孩子走著走著，彎腰拾起一根筆直的樹枝，這根樹枝線條俊美，造型修長筆直彷彿是個天然木製寶劍。

小壯丁拿著樹枝邊走邊把玩，突然間，他回過頭，跟我說：「媽媽，我已經長大了，以後換我保護妳。」

當時他只有六歲，他知道「保護」的意思是什麼嗎？

這句話一直烙印在我腦海！究竟是什麼樣的情感讓只有六歲的小壯丁說出這句話？

他的年紀這麼小，個子也這麼小，理所當然是他來向我撒嬌說：「媽媽，我怕怕，妳要保護我。」但是，那一刻，就在黃昏的樹林裡，野生樹枝凌亂交錯在我們的頭頂，樹蔭深處是寂靜的森林，天快黑了，但我貪戀這遠離喧囂的時光，而且，只有我們母子，任性而自在地漫步山間，沒有惱人的家務事，沒有永遠洗不完的衣服和鍋碗，以及擦不完的地板。

「媽媽，我已經長大了，以後換我保護妳。」

而我，只是微笑對著小壯丁說：「哦！你要如何證明你已經長大？你會整理自己的房間嗎？」

小壯丁點點頭，說「會」。
你什麼時候開始做？
「黃昏的時候。」他說。
這是我這輩子聽過最詩意的承諾。

我認為這就是愛情

我說要出去運動，小壯丁回答：「嗯！」然後立刻抬頭看時鐘。晚上八點半，他似乎覺得還可以。

我認為這就是愛情。

小壯丁從小就是我的糾察隊長。

他念幼稚園的時候，我把長頭髮剪短到耳朵下方，類似鮑伯頭的造型。換上新髮型，我在幼稚園門口接他時想給他一個驚喜，小小年紀的他竟然在看到我的時候微微皺起眉頭。我牽著他的手走路回家，他很反常地不跟我聊天，彷彿有股氣憋著，直到進入家門，他才跟我說：「媽媽我不喜歡妳短頭髮，妳以後不要再剪頭髮了！」

他念國中時，我天天晚上到市區的大公園慢跑，白天太陽大，我怕曬黑，因此都在晚上七點以後出沒。公園就在住家旁邊，行程大約一個小時結束，那時他已經十二歲，可以獨自在家。

有一天，我們一起吃晚飯，小壯丁突然開口：「媽媽，自然老師今天上課的時候說，植物在晚上會釋放二氧化碳，所以晚上最好不要去公園。我聽到這句話的時候，心裡揪了一下。媽媽，妳以後不要晚上去公園運動，改成白天去。」

看到沒有，這些都是命令句，只有糾察隊長才會這麼說話。

我認為這就是愛情。

小壯丁年紀愈來愈大，每天都是酷酷的表情，有時候跟他講話他也不回應，有時候回應一聲「好」，該做的事情還是拖到三個小時後才去做。但是，有件事情他倒是挺有效率的，那就是只要晚上十點半一到，我還沒回家，或是沒有事先跟他交代行蹤，或是忘記在餐桌上留紙條，他就會打電話找人。如果我貪玩沒注意手機，等到發現時，至少都有三通以上他撥打的未接來電。

我認為這就是愛情。

小壯丁不會甜言蜜語，他跟我說過最甜蜜的一句話大概就是：「媽媽妳好香，妳放的屁都是香的。」我把這句話抄在筆記裡，那是他剛剛學會說很多話的時候。

他跟我告白的第二次，比較像恐怖情人。這時候小壯丁已經念幼稚園了，有一天他突然跟我說：「媽媽，我不要弟弟妹妹，我只要妳愛我一個。」

我認為這就是愛情。

大學學測那天，某日我們一起吃晚餐，小壯丁提然提到：「媽媽，妳知道佛洛伊德事件嗎？」

我心想，他這年紀已經開始關心殺父娶母凡事推給性驅力的心理學家佛洛伊德了嗎？結果並不是，小壯丁說的是美國這陣子沸沸揚揚的警察殺人案。

我們從這件事情開始聊到美國總統選舉、希特勒與墨索里尼。小壯丁跟我說：「希特勒、墨索利尼都是極右派的獨裁政權，任何極端都是不好的。」

我說：「這個見解很好，是歷史老師教的嗎？」

他搖搖頭說不是。只回答我：「歷史課本寫的。」

講到學校的事情，他才想起：「媽媽，十三號那天是畢業典禮，邀情函我帶回來了！」

最重要的事情到最後才說，難道這也是愛情？

我立刻拿起行事曆把這一天重重做下記號，我問：「是早上還是下午？」他回答說忘記了。

我說：「這不重要，我把這一天全部保留給你。」

當我將六月十三號這一天畫下螢光筆記號的時候，我滿心歡喜。因為小壯丁十八歲的成年禮，將會有一個認真的儀式作為承先啟後的里程碑，這個階段的結束是為了迎接更美好的新開始，再過幾個月後，小壯丁就要成為一個大學生了。

他可能會住校，可能會交女朋友，可能會忘記在晚上十點半沒看到我回家的時候打電話給我，可能也不會在乎我有沒有長出白頭髮……但是，我都會在一個地方等他，無論他看得見看不見，我永遠都會在。

我認為這就是愛情。

後記

這本書定稿的時候正值夏季，每天清晨我聽著蟬鳴鳥叫，遠眺綠樹白雲，整座青山都還沒有甦醒，而陽光已經跑完昨天的時間步履。日子一天一天過去，當我結束人生長跑時，還能留下什麼呢？夏季炎熱彷彿自帶火種，經常將好事壞事引燃。

而我，只有想到小壯丁時，即刻清涼自在。

我結束研究所課業即將遠離校園，也是在夏季。孩子陪著我在宿舍度過暑假的最後七天。

每天早晨起床，我們手牽手到多容館吃早餐，有時蛋餅有時三明治。早餐絕不喝杯裝奶茶與人工調味飲料，只在便利店買牛奶或豆漿，這是外食最後底線。用餐時我們安靜等待圖書館開門，準備在圖書館待到中午。大學圖書館較少兒童讀物，八歲小孩兒只能看些影音資料，例如相聲或音樂劇。暑假的圖書館除了工讀生幾乎不見人影，我在幽靜的廊道裡隨意翻閱書籍，有點穿越時空的蒼涼感，獨自與中西文學或思想家精神交流，我覺得很富足。

十二點去志學路的簡餐店吃飯。那時阮囊羞澀，我通常為孩子點一份雞腿或排骨飯簡餐，而我自己只吃一份燙青菜，或者多加塊肉食，一半餵飽小壯丁。下午會盡量安排「社交活動」，例如拜訪友人在白鮑溪的度假小屋，與他的五個小孩同樂；或是去西林村姨媽家的游泳池玩水，看看能不能遇到其他同年齡的孩子，讓身為獨生子的小壯丁，有機會接觸各種不同社會背景的人。

我念研究所時有固定運動習慣，每周游泳一到二次，每次下水必定游完一千公尺。這是我對自己體力與意志力的訓練。陪孩子去野溪或姨媽家的泳池只是戲水，只有在標準泳池反覆來回才是鍛鍊。

某日午後，我帶小壯丁來到學校泳池，這是一個室內二十五公尺的標準池。整座泳池裡只有我們母子二人，小壯丁還不會游泳，我囑咐他拿著浮板在最靠近救生員的水道練習漂浮打水，因為我一入水游泳，就不會停止動作。

我說：「Baby，不要怕！瞧，救生員哥哥就在那邊仔細看著，所以你有一個專屬救生員，同時兼任保母。媽媽也會在另一個水道看著你。」

我雖然口頭上這樣安慰小壯丁，但是那三十分鐘仍然是我這輩子腎上腺素最發達的半小時。每次我換氣抬頭，一定往孩子的水道觀看，確定他還在水面上移動。我自己有過一次溺水經驗，死神說來就來，一個閃失就有可能天人永隔。

那段日子，研究所是我的庇護所，在這裡，除了念書就是運動。我執意入池必定游完一千公尺，是逼迫自己面對極限，當我一次又一次以快速的自由式或蛙式奔泳觸壁轉身，我都以為幸福美滿的家庭也會在那裡等我。

再抬頭，看到孩子獨自在第一水道漂浮。在我每一次呼吸換氣，抬頭低頭游移水面之間，只有他，是唯一佇留在彼岸，始終不捨不棄的人。

小壯丁一直遠望著我的方向，每當他發現我靠壁停留，視線也朝向他時，他就會奮力伸出浮板上的另一隻手，對著我揮舞。池水與汗水朦朧了我的雙眼，我覺得遠方帶著蛙鏡的他應該正在笑，因為，在他這個年紀，大多數孩子都還不懂得悲傷。

小壯丁總是圍繞在我身邊，有時候調皮好動，有時候自得其樂，去到任何地方都能隨遇而安是我們的默契。該玩的時候玩，該吃飯時吃飯，該睡覺時睡覺。我們準時在晚上十點就寢，睡到隔天自然醒，白天隨意在鄉下到處閒逛，晚上回到兩坪大的寢室歇息。我用浴巾把八歲小壯丁抱進女生宿舍的公共浴室裡幫他洗澡，狹仄隔間裡還有一個坐式馬桶，兩個人同時擠在裡面連轉身的空間都不足夠。

然而就在蓮蓬頭灑下水珠，瀰漫氤氳霧氣時，小壯丁總是歡喜地唱著歌。

那是我記憶裡最美好的時光。

吃什麼用什麼甚至睡覺打地鋪都不重要，每天就只是單純的生活、單純的牽著手、到處走。

這種平靜讓我感受到一種牢靠踏實的幸福。與最愛的人在一起，我們不需要偽裝，我們彼此相信，無論這個世界向我們舒展的是寬闊或侷促，這份愛永遠會使我們安全靠岸。

當小壯丁在游泳池裡一個人漂浮打水，當他在圖書館的視聽間獨自看影片，當他與我結伴在萬里溪河床上撿取鵝卵石，當他根本不在意浴室馬桶仍願放聲高歌，他的每一個動作都是信任，相信我會帶給他平安與喜樂。他從來不抱怨不挑剔現實生活的困蹇，彷彿只要跟著我走，就像在他八歲的夏天這樣走著，我們就一定會走到幸福。

「你喜歡你媽媽嗎？」我經常在對話裡突然插入問句。

「這個問題，妳從我小學二年級就開始問，已經數不清有多少遍了。」

「我不管！我不管！我要再聽一次，我要再聽一次答案！」

小壯丁不疾不徐地說：「喜歡。而且比喜歡還要多很多，多很多很多很多。」

我想，我的一生有過這句話，就值得了。

INK PUBLISHING 文學叢書 681

Dear小壯丁：手牽手一起走

作者	朱國珍
總編輯	初安民
責任編輯	宋敏菁
美術編輯	陳淑美
校對	吳美滿　朱國珍　宋敏菁
發行人	張書銘
出版	INK 印刻文學生活雜誌出版股份有限公司 新北市中和區建一路249號8樓 電話：02-22281626 傳真：02-22281598 e-mail：ink.book@msa.hinet.net
網址	舒讀網www.inksudu.com.tw
法律顧問	巨鼎博達法律事務所 施竣中律師
總代理	成陽出版股份有限公司 電話：03-3589000（代表號） 傳真：03-3556521
郵政劃撥	19785090 印刻文學生活雜誌出版股份有限公司
印刷	海王印刷事業股份有限公司
港澳總經銷	泛華發行代理有限公司
地址	香港新界將軍澳工業邨駿昌街7號2樓
電話	852-2798-2220
傳真	852-2796-5471
網址	www.gccd.com.hk
出版日期	2022年 5 月 初版
ISBN	978-986-387-564-2
定價	380元

文學跨域創作研究所

國家圖書館出版品預行編目(CIP)資料

Dear小壯丁：手牽手一起走／朱國珍 著.
--初版. --新北市中和區：INK印刻文學，2022. 05
面； 14.8 × 21公分. --（文學叢書；681）
ISBN 978-986-387-564-2（平裝）

863.55　　111003988

舒讀網